LAS CARTAS
DE MI HERMANO
Una historia casi verídica

LAS CARTAS
DE MI HERMANO
Una historia casi verídica

Emanuel García Jáuregui

Hola Publishing Internacional
Eugenio Sue 79, int. 4, Col. Polanco
Miguel Hidalgo, C.P. 11550
Ciudad de México, México

Primera edición, febrero 2025
ISBN: 978-1-63765-697-6

Hola Publishing Internacional es una editorial híbrida comprometida a ayudar a autores de todo tipo a alcanzar sus metas de publicación, ofreciendo una amplia variedad de servicios. No publicamos contenido que sea política, religiosa o socialmente irrespetuoso, ni material sexualmente explícito. Si estás interesado en publicar un libro, visita www.holapublishing.com para más detalles.

A mi esposa e hijos por su valiosa e incalculable paciencia para con este novato escritor al desarrollar estas líneas de texto.

A los que nos precedieron, por aportar sus experiencias a este manuscrito.

Cualquier parecido con la realidad
es mera coincidencia.

Índice

Prólogo

¿Qué harías para conocer el destino y el pasado de tu familia? *Las cartas de mi hermano: Una historia casi verídica* es una narración precisa sobre el pueblo, los habitantes y las costumbres que hilan el destino y el pasado de una familia.

Un muchacho cuenta su historia mientras un puñado de cartas le cuentan a él la historia de su tío. De ahí deriva la historia de los hermanos y la familia entera, campesinos dispuestos a sobrevivir, pero más que nada a vivir. El pasar del tiempo es testigo de las vivencias del pueblo entero y otros pueblos aledaños. En esta historia son los personajes los que hilan el destino, pues sus acciones presentes están intrínsecamente unidas con el pasado y el futuro. En el centro de sus acciones hay una sensación de amor por la familia y por uno mismo.

Los lugares inimaginables que se describen evocan nostalgia de la vida: las construcciones que emanan historia, los habitantes que cuentan sus ilusiones y desilusiones, sus metas y tropiezos; sus impensables destinos dentro de una vida sencilla pero colorida, todo suma a la emoción y a las ganas de seguir luchando por lo que se quiere. El vaivén del trabajo en el campo, la pisca, la realización del adobe, un hombre sencillo con oficio de albañilería que busca un porvenir para su madre y familia, y se ve envuelto en un destino muy distinto al que pretendía.

Una fábrica construida con materiales extranjeros denomina al pueblo un pueblo textilero a beneficio de sus pobladores. En él, las historias sobre obreros deseosos de tener una vida digna, tranquila, para ellos y su familia, pululan. Así, la fabricación textil se convierte en una de las mayores industrias de esta entidad, cuya otra gran referencia es un majestuoso río con su prominente cascada, la cual es utilizada como fuente para crear y abastecer de electricidad a una gran ciudad.

Una generación criolla que trabajaba la tierra, conformada por más de diez hermanos con una vivienda que se iba construyendo según las necesidades de la unión y de los enlaces matrimoniales con sus respectivos lazos de amor, sin los festejos de aquellas nupcias pomposas, los protocolos eran simplemente un enlace libre y firme que representaba un pacto, comenzando por los de los hermanos mayores. Se formó así una nueva generación de habitantes del poblado textil en aquella época.

Las vivencias de aquel muchacho necesitado de conocer mundo provocan estas increíbles epopeyas de las cuales tenemos apenas un fragmento. Se enlazan los recuerdos con otras historias sin rumbo, todo con la esperanza de que el destino los acomode.

Expreso mi gratitud al autor, por haber proporcionado con gran certeza la ubicación de los poblados, así como por compartir historias de esos lugares en su época de mayor esplendor, pues es él quien ha escuchado directamente del narrador las historias aquí expresadas.

Con cariño,
Jhasive Clío García Ibarra

Una historia casi verídica

Quiero aclarar que, si las situaciones o personajes aquí mencionados tienen cierto parecido con situaciones o personajes de la realidad, esta similitud es resultado de una coincidencia y no de la voluntad expresa del autor de estas líneas.

EL ARADO

A escasos veinticinco metros de la entrada norte del corral que conformaba la vieja casona en la que habitaba nuestra familia, se encontraban los jacales, que a su vez constituían el total de la vivienda que describiré poco a poco, sólo si el recuerdo me lo permite. La referida entrada daba a la calle que bajaba directamente del centro del poblado, esa misma calle iniciaba por el oriente aproximadamente a doscientos metros del principal templo construido en la parte sur de la loma central y terminaba precisamente en el predio donde los pobladores sepultan a sus difuntos.

Se llamaba el Carril y era precisamente eso, un carril de carreras para caballos que conservaba la longitud habitual de estos, algo así como doscientos veintiocho metros, para redondear cifras, doscientos veintiocho metros en los que la gente se agolpaba para presenciar los eventos. Algunos, como es sabido, apostaban grandes sumas de dinero o de bienes, casas y propiedades, y quizá más de alguno empeñaba otro tipo de "pertenencias". Las diversiones en ese tiempo eran pocas y aún más para los pequeños de la familia, pues para 1955 aún no llegaba la modernidad a este lugar, algo impensable.

El partidero del carril se encontraba cerca del cementerio, ya a las afueras del pueblo, así estipulado por las autoridades de la época a la que me refiero.

Por ese sendero de escasos mil metros de longitud, polvoriento en el temporal de secas y lodoso entre los meses de junio y septiembre, aunque no siempre, los únicos personajes que desfilaban eran aquellos que debían atender sus labores. Terrenos de siembra, en su mayoría de maíz, que se encontraban en las faldas del cerro que se sitúa en la parte norponiente de la población, mismo que está coronado por una gran cruz en tubo metálico, enclavada en una estructura de ladrillo, con una forma circular y cónica —a mí me parece que tiene forma de vaso de vidrio con base octogonal, invertido.

Las piedras de su base, una plataforma que bien hubieran servido para los cimientos de una buena casa, —según me contó mi padre— fueron extraídas de un altar prehispánico dedicado al sol que se encontraba en la cima y muy cerca de la cruz. Su característico color blanco anuncia al visitante la llegada a la referida población;

desde ahí puede observarse la totalidad del valle —¡que vista tan privilegiada puede tenerse desde este lugar! — llamado el Cerro de las Cabras. Parece ser que es debido a los rebaños aislados de este tipo de animales que por sus laderas se podían ver pasar, además de alguno que otro distraído canino, empeñados ladradores que servían de vigilantes y metían en orden a las rebeldes cabras que dejaba el rebaño.

Al frente y unido a este promontorio se extiende uno de menor tamaño llamado Cerro de la Poma, que forma parte del mismo cerro caprino. El valle central está bordeado, hacía el este, y delimitado por la trayectoria del Río Grande de Santiago, que viene rodeando la zona serrana de lo que llamamos el Cerro de las Antenas. Por delante de este y a su lado sur, el Cerro Papantón.

La delimitación geográfica natural del caudaloso río remata en una catarata de cien metros de largo por veinte metros de altura —yo no he ido a medirla. Esas aguas, como es sabido, recorren gran parte del territorio hacia el norte, iniciando su trayecto en un lago y desembocando al norte de la población de San Blas en tierra Cora. Esta gran catarata y una buena parte del cauce dividen a dos poblaciones que forman parte central de este escrito, la primera al poniente del cauce, y la segunda que se encuentra al este, es decir, del otro lado del río, ahí dónde algunos historiadores dicen que abundan las cebollas.

Cierto es que su nombre deriva de un vocablo náhuatl cuyo significado indica su existencia, aunque no logro entender a cuál de las más de diez especies de este vegetal se refiere su nombre.

La referida población de las cebollas, tiene una antigüedad más allá de los quinientos años, aunque su historia legalmente escrita comienza en el año de 1662 bajo el reinado de Carlos IV y siendo virrey de la Nueva España don Juan de Leyva y de la Cerda, como consta en la placa de cantera colocada en 1933, justamente en el jardín norte de su emblemático templo forrado de cantera, —tengo que decirlo— el actual templo, porque la primera capilla en el lado norte del complejo eclesiástico tiene otro tipo de acabado en piedra.

Hacia el sur del referido Cerro de las Caprinas, más allá del valle, está la zona serrana que conforma parte de la Sierra Madre occidental. Esta zona encajona la gran concentración de agua del mar Chapalico, como es llamado por algunos, y donde inicia su trayecto el Río Grande de Santiago. La zona serrana continúa al oeste entre lo que podrían ser valles o cerros de menor tamaño, y es precisamente por el oste que se encuentra la principal vía de acceso a nuestra población, una colonia obrera que inició su historia tan solo hace poco más de un siglo. Quizá más adelante pueda referir algunos párrafos al respecto.

Al ingresar al corral de la casa había un árbol de grandes dimensiones casi en el centro, un fresno cuya copa llegaba a los quince metros de altura —cuando niño, a mí me parecía que eran cien. En el interior del corral y del lado derecho, la choza que conformaba la vivienda, dividida en tres secciones.

Los equinos pertenecientes a la familia eran utilizados en la siembra. Además, en esa, la primera sección cerrada, se guardaba lo que puedo llamar la herramienta más importante con la que en la labor se realizaban los trabajos previos a la siembra, el arado. Un fierro que nunca supe si fue forjado o fundido a molde, en forma de gancho, que en la parte curva tenía dos terminales del mismo material de acero y presentaba la característica oxidación del metal. Una terminal a mediación de la sección curva, que correspondía a la manivela que termina en el maneral por donde se tomaba para guiarlo, y otra en la parte pesada, en el extremo final de la sección curva, apuntando hacia el frente, si tomamos de referencia el gancho, una especie de aleta con dos hojas unidas en pico cuya función principal era hundirse en la tierra debido al peso propio de la estructura y al jaloneo del caballo o animal utilizado.

Quiero pensar que ese arado perteneció a mis abuelos paternos, Lino y Maclovia, pero nunca pregunté a mi progenitor sobre el origen de dicho artefacto metálico y mucho menos conozco el fin que tendrá. Cual haya sido su destino, seguramente estará en buenas manos. ¡Que sepa apreciarlo quien con él se quede!

En honor al abuelo, mi padre nombró al décimo de sus hijos Lino. A cada uno nos dio un nombre que nos ha identificado perfectamente, tanto en carácter como en hechos en alguna de las etapas de nuestra vida.

No es el objetivo de esta narración describirlos. Pero me ha parecido importante mencionarlo.

ADOBE Y BARRO

La primera sección de la casa, en el extremo sur, era un cuartucho en el que se almacenaban los enseres para la siembra, los ajuares de los caballos y las monturas. La puerta de dicho lugar de almacenaje había sido manufacturada a base de madera y burdos tablones con los tradicionales agujeros por los que se hacía pasar una pesada cadena para colocarle un candado, generalmente durante la noche.

Dentro de este lugar sin ventanas para iluminarlo y cuyo piso era una polvorienta capa de tierra, se podían percibir los característicos olores a cuero viejo y otros que mi vago recuerdo no me deja describir. Desde el interior, y al cerrar la puerta, la oscuridad del lugar era casi total, la poca luz que ingresaba lo hacía por las cavidades que dejaba la separación entre muros y techumbre de tejas de barro. Cada teja estaba colocada una sobre otra de forma encontrada para así formar los canales que conducían la abundante agua en el temporal de lluvias, sin olvidar la viguería de madera que las soportaba.

¿Quién no conoce un tejado con esas características? Omitiré los detalles.

La segunda sección de la vivienda, basta y sobra decirlo, era la principal de la casa. La puerta centrada en la longitud de los casi treinta metros de todos los jacales era igualmente una puerta de madera con tablones de encino rústicamente tallados, empotrados sobre un marco hecho de tablones del mismo árbol, según me lo contó mi padre. Al entrar, justamente a la izquierda, estaba lo que conformaba el comedor de la casa, casi siete metros de longitud, y al fondo el tradicional fogón en el que mi madre preparaba los alimentos.

A la izquierda de este había una pequeña ventana que permitía el acceso de luz natural —sólo si estaba abierta— y la salida de humo y otros olores de los platillos de comida preparados por mi santa madre. Ya hablaré sobre ellos en otra sección de este escrito —espero, por el bien de este narrador y la memoria de mi madre, no olvidarlo.

Por ahora me concentro en describir la vivienda en la que viví mi infancia, un poco alejada de la última calle del poblado y ubicada a unos metros de la carretera de acceso a la colonia obrera de la textilería. Frente a la entrada, el corredor de tres metros de ancho por los seis metros de fondo que podría decirse formaba la sala de estar, aunque sin los habituales muebles que le constituyen.

Los lujos no eran parte de nuestra vida diaria, apenas unas rudimentarias sillas a base de palos tallados y cubiertas de hilo de ixtle —eso sí, fabricadas por el hombre de la casa— algunas otras de hoja de tule, más burdas que mi forma de comunicarme. En el muro izquierdo de esta sección había una abertura rectangular que comunicaba con la recámara principal en la que noche a noche todos dormíamos.

La ventana de un metro de largo por setenta centímetros de altura, ubicada mirando al este, sobre la altura del techo de la cocina y por debajo del techo de la recámara, nos permitía observar, de noche, un cielo estrellado. Antes de dormir debíamos cerrarla, pues no contaba con ningún cristal o protección que impidiera el acceso de alguna alimaña o animal que pudiera resultar peligroso.

Las camas, dispuestas en la pared contraria, dejaban poco espacio entre ellas. En la pared, con la ventana, estaban situados los roperos en los que metíamos la poca ropa y pertenecías que teníamos. Uno de ellos era aprovechado como escalera para cerrar la ventana y desde lo alto saltábamos a las camas cercanas al mueble. Mis hermanos eran hasta ese momento cuatro varones y dos hermanas, más quien esto narra —con el tiempo vendrían otros seis hermanos y una hermana más.

Hablábamos de lo sucedido durante el día:

—¡Cállense ya! —escuchábamos a mamá gritarnos desde la recámara contigua a la sala de estar en el extremo contrario a dónde nos encontrábamos—. ¡Es hora de dormir! —reiteraba.

Mis hermanos los mayores se encontraron, igual que yo, con la responsabilidad de llevar pan a la mesa a muy temprana edad trabajando todos en las faenas de la siembra, dejando sus sueños y deseos por una vida distinta para no preocupar a nuestra santa progenitora. ¡Bendita juventud! Sus ánimos no se degastaban. Mis hermanas ayudaban en las actividades diarias de la casa.

La última sección de la vivienda, a su vez divida en dos comunicadas entre sí, eran dos cuartos con pocas cosas. De ellas tengo un vago recuerdo, pues no fue necesario utilizar esta sección de la casa hasta mucho tiempo después, cuando dos de mis hermanos mayores contrajeron nupcias.

¡Nupcias, qué va! Si lo que hicieron fue traer a sus respectivas mujeres a vivir con ellos antes de consagrase a Dios mismo. ¿Boda? Ni pensarlo. No podíamos permitirnos semejante gasto. Bueno, ellos no podían. La bendición de los suegros fue para lo que alcanzó. Además, sus mujeres no eran del pueblo, por lo que no hubo festejo alguno ni invitados criticones a los que no se les da gusto con nada.

Frente a la finca descrita, a escasos diez metros, se encontraba la pila de un metro de ancho y dos de largo. El lavadero hecho de una piedra laja pesaba, imagino, poco más de cien kilogramos apoyados sobre una base de piedras arrancadas de la misma veta a marrazos, y habían sido sólo dispuestas y amontonadas sin mortero alguno.

Nunca pregunté quién la puso ahí, o como llegó. Era preciso evadir cualquier alusión al lavado de las prendas de vestir. No quería que me pusieran a hacerlo, mi hombría no lo permitía; yo era macho y bragado de cinco años de edad.

Un poco más allá se encontraba la letrina. Para llegar a ella en las aguas era necesario llevar sombrilla o una sábana impermeable, de otro modo terminábamos empapados con sólo ir o venir. Ir allá por las noches era toda una aventura.

Frente a la letrina se hallaba un carrizal con unas cuantas varas que más bien servían de delimitación del predio que otra cosa, y al lado de este un granado cuyo fruto era muy apreciado por todos. Entre el lavadero y la finca de la casa, una frondosa buganvilia a la que cada abril y mayo llegaban cientos de mariposillas de diferentes especies.

¡Cuánto me divertí siguiéndolas sin alcanzarlas! Soñando volar como ellas. Pero sólo fue eso, un sueño no alcanzado, uno de muchos en mi corta vida.

Desde a la entrada principal, a la izquierda y dentro del corral, dos caballerizas y detrás de ellas, frente al lavadero, dos cuartos más sin uso alguno hasta ese momento.

Toda la finca estaba construida con el tradicional ladrillo adobe hecho a mano y a base de barro y paja compactado de tal forma que adquiría una dureza y consistencias que le daba gran durabilidad. No quiero entrar en detalles de cómo hacer el adobe, pues no es relevante, sólo quiero que conozcan, mejor dicho, imaginen ese lugar que me permitió una alegre infancia —con las carencias de las que una familia de nuestra condición tiene, pero al final una muy buena infancia.

La casa por la parte trasera colindaba con los terrenos de don Lolis, así que mi padre dejó un corredor de aproximadamente un metro entre ambos predios.

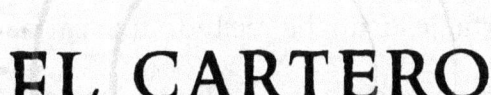

EL CARTERO

—Má, ¿quién es ese hombre? —grité. Era la primera vez que escuchaba el sonido de su silbato, o al menos eso recuerdo.

El mensajero se quedó a la entrada del corral, bajo la sombra del bolitario.

—¡Es el cartero, muchacho gritón!

—¿El cartero? —pregunté con incredulidad. Era la primera vez que escuchaba esa palabra.

—Mira, ve a ver si ya puso la marrana —dijo mi madre.

Y yo, obediente, como los pastores a Belén, corrí presuroso.

A medio camino a no sé dónde, me detuve en seco. *Pero si nosotros ni tenemos marranos*, pensé. Y comprendí entonces que había sido una llamada de atención de mi madre. Su peculiar forma de educarnos o reprendernos no dejaba lugar al enojo en ninguno de los que formábamos el círculo familiar.

Cuando mi madre hubo recibido el sobre, ya con mayor calma pregunté que había recibido.

—Una carta, Jesusito, he recibido una carta.

Fue la última misiva que recibió —ya se los contaré— ¿pero de quién?

No salía de mi asombro, los familiares que teníamos por el lado paterno nunca escribían, sólo llegaban de sorpresa. Siempre bienvenidos, claro está.

Su jornada para llegar desde su finca a nuestra casa era de aproximadamente seis horas a caballo y a paso cómodo, sin pausa y sin prisa. Ellos vivían detrás del cerro, del que comenté anteriormente y al que llamábamos de las Antenas, pues en su cima hay, precisamente, unas antenas repetidoras para las estaciones de radio.

—Hijo, la carta es de mi hermano —comentó mi madre.

Ciertamente había oído hablar de él, más nunca había sabido de alguna carta que hubiera escrito o llegado a mi madre de parte de él. Cuando se es niño, la noción del tiempo es lo que menos importa, todo transcurre entre juegos, sueños y deseos. Con el tiempo lo sabría.

Descubriría, además, otras de sus misivas en un viejo baúl de madera en el que se encontraba ese pequeño gran tesoro que la autora de mis días resguardaba con tanto cuidado, unas hojas escritas con una pésima letra, unas cortas y otras largas, pero, al fin, atesoradas por mi madre, si se me permite el término para referirme a mi madre.

Nunca olvidaré las expresiones de asombro, de alegría, de tristeza y otros sentimientos que mi madre mostraba al hablar de su hermano, al que dejó de ver años atrás y el único que tenía. Pero permítanme ir paso a paso, pues el tiempo suma gran importancia a este relato, al menos así lo considero.

Todas las cartas las leí en mi paso por la escuela primaria, fechadas en el primer lustro de la década de los cuarentas. Pero las pocas misivas con timbres postales de diferentes ciudades súbitamente cesaron y el desconcierto hizo presa de este lector: no hubo carta de despedida o un adiós escrito en alguna de ellas.

BONIFACIO Y TRINIDAD

Mis padres se conocieron en el poblado en el que habitamos; mi madre de apenas catorce años y mi padre ya un hombre hecho y derecho con todas sus letras, viudo, con un hijo —mi hermano mayor, al que llamó Isaac. El niño, contaba con seis años de edad cuando mis padres se conocieron. La condición de viudez de mi padre hacía difícil sus rutinas diarias, pero nunca olvidó sus responsabilidades para con su primogénito, el único que logró criarse de cinco nacidos anteriores.

Conocer a mi madre, Trinidad, le cambió por completo la vida. Él era un hombre recio y duro, aunque no siempre, pero al fin hacía honor a su nombre, "hombre bueno",

Bonifacio, don Boni, como le llamaban sus vecinos. Un hombre normal —diría yo—, de mediana estatura, complexión delgada, moreno claro, más quemado por el sol que claro natural, nariz afilada y rostro enjuto; fuerte de brazos y piernas, de ánimo alegre y respetuoso; usaba siempre un sombrero de ala mediana, redonda y con copa corta de forma oval, sombrero de palma, para ser precisos.

Las campanadas del templo Mater Admirabilis resonaron para llamar a la misa dominical del medio día y la gente de las cercanías de apresuraron a cumplir con su obligación de feligrés. Algunos con golpes en el pecho, como marcaba la tradición, se acercaban al edificio de la Madre Admirable, persignándose antes de entrar al recinto, haciendo la señal de la cruz casi desde la coronilla y hasta el ombligo.

Con el tiempo yo entendería el significado de esta seña, no soy yo el culpable de ello, los religiosos siempre tienen su lado oscuro. Quien me lo contó fue precisamente un patrón que tuve cuando trabajé en el gabacho, él fue hijo de un sacerdote católico, ambos de origen español —vaya coincidencias—, pero vayamos paso a paso en este relato.

Una vez dentro se escuchó el canto del coro que retumbaba en un eco descomunal con el Ave María. A muchos se le erizaban los bellos tan solo de escuchar las afinadas notas vocales de esta melodía compuesta por Franz Peter, "el Austriaco". ¡Y pensar que lo más conocido es sólo un fragmento de la no menos magnifica melodía, acompañado del sonido del órgano, dispuesto para esto!

Algunos detalles de la arquitectura de ese edificio del que hago referencia, cuya construcción inicio hacia 1941 y se terminó en 1958 —cuando yo rondaba los ocho años de edad—, aunque ya desde 1905 se tenía una parroquia destinada para el culto a María Santísima en la fábrica de hilados y tejidos en el mismo poblado. Si el ánimo me alcanza, les hablaré de esta otra magnifica construcción fabril.

La parroquia o templo final, está construida con una combinación de piedra y ladrillo, y a ella se puede ingresar por el atrio superior, cuya vista principal son las dos torres que conforman los campanarios vistos de frente. En la torre del lado derecho y por debajo de su campanario se encuentran cuatro relojes analógicos. El amarillo de los azulejos de la fachada frontal da una perfecta vista y más aún su característico techo a dos aguas completamente forrado con los mismos materiales; sus vivos de cruces negras enmarcadas por las paredes lisas de las dos torres, cada una coronada en forma de cúpula y combinadas con detalles de cantera café. La puerta principal de madera con chapetones de acero y un arco de cristal multicolor con azul predominante que adornan la misma fachada y en cuya parte superior puede leerse la frase <Mater Admirabilis>.

Sin duda los detalles greco-romanos — o ¿me equivoco? —de la fachada combinan muy bien con la construcción.

Sumado al detalle, la imagen de la virgen tallada en piedra, sentada y colocada en su respectivo nicho, corona la parte superior de esta adornada entrada.

Otro vitral con imágenes que evocan al cristianismo — ¿qué más podrían evocar? — y por encima una paloma que, quiero pensar, simboliza al Espíritu Santo.

Los laterales de este edificio tienen escalinatas que conducen al atrio inferior. La escalinata poniente es la más transitada, solicitada y fotografiada — no logro entenderlo, ambas parecen ser gemelas. En este lugar se encuentra un segundo templo, el "de abajo", llamado así por los pobladores, sostenido por una columnata de dieciocho pilares interiores. Mucha historia rodea a este recinto.

Destaco lo siguiente: la forma redondeada de la parte trasera del templo, la que mira hacia el sur, y su techumbre a dos aguas que simula lo que podríamos llamar el Arca de Noé —con demasiada imaginación, claro. El acceso central al templo de abajo lo corona una imagen de la Guadalupana esculpida en piedra. Ese acceso generalmente se encuentra cerrado. Las entradas al atrio conducen directamente a las puertas laterales.

Podría ahondar mucho más en la descripción de esta obra, sin embargo, lo que pretendo narrar es distinto, otras historias descubiertas en esas cartas que, motivado por la curiosidad de saber qué había escrito en ellas, urgí a mi madre llevarme a la escuela para así aprender a leer.

Ella nunca supo mis intenciones, o al menos no dio cuenta de ello. ¡Benditas madres que leen el pensamiento de los hijos!

Mis padres, se conocieron precisamente en el atrio del mencionado templo, un domingo.

Trinidad no asistía a la misa del Ángelus con sus padres, sino con sus padrinos de bautismo, que la habían traído al pueblo a petición de su abuela materna, Doña Sara, quien la había criado hasta los doce años de edad. Huérfana a los once, tuvo que abandonar a su viejita chula al año siguiente del suceso que marcó sus vidas para siempre, quien la dejó sola con todo el dolor de su corazón.

La abuela vivía atemorizada de que la niña y su hermano, cuatro años mayor, fueran víctimas de abuso por parte de aquellos que terminaron con la vida de su padre, de que corrieran con la misma suerte. Por supuesto que no lo permitiría.

POR UN PEDAZO DE TIERRA

Una certera bala hizo blanco en el estómago de aquel hombre, mi abuelo materno, don Bruno, que defendió hasta donde pudo las parcelas heredadas de su padre.

Llevarlo al poblado más próximo y rápidamente para atención médica sólo era posible a caballo. Pobre hombre, ¡no podía montar!, así que lo mejor fue llevarlo en una carroza tirada por una mula. Benditas las personas que ayudaron.

Bruno aguantó parte del trayecto —valiente hazaña para un moribundo con una herida de ese tipo— mientras su esposa rezaba a cuanto santo se le ocurría. No la juzgo, yo mismo habría implorado hasta al mismísimo infierno —que Dios me perdone semejante pensamiento.

¡Cuánta maldad y odio por arrebatar un puño de tierra a aquel que con el sudor de su frente la trabajaba! Por eso mi General Zapata luchaba incansablemente ante tanta injusticia perpetrada. Maldita la hora y malditos los traidores que le quitaron la vida a mí General, ¡que se quemen con el Diablo en el lago de fuego azufrado destinado para ellos!

Bruno murió en el camino. La jornada de regreso a casa estuvo llena de llanto, impotencia y dolor. No hubo misa de despedida, unos pocos asistieron al funeral del hombre.

Fue sepultado en el camposanto cercano a la Hacienda del Valle perteneciente a la población mueblera de la región de la ciénega, muy cercana al mar Chapalico. La esposa del fallecido, Doña Isaura, mi abuela, moriría enferma de septicemia meses después de la muerte de su marido.

Quizá la tristeza se profundizó en la mujer, dejando que ella descuidara su propia salud para reunirse prontamente con su viejo, con su amado, su Bruno. Con los años su tumba se perdió; el tiempo y la tierra cobraron los que les pertenecía.

Pasado un año desde la muerte de su padre, el hermano de mi madre ya contaba con dieciséis años, suficientes para valerse solo. Así que se empeñó en salir de la Hacienda del Valle para recorrer el país, o el mundo quizá. Sólo el destino lo sabría.

Despuntando el alba, al día siguiente de su cumpleaños, el joven tomó sus cosas e inició su camino. Su destino lo llevaría a tierra jarocha con una previa escala en la ciudad donde el ejército mexicano, antaño, ganó una importante batalla que arruinó a los franceses sus planes por llegar a la unión americana.

Con la bendición de Doña Sara, el muchacho se despidió de ambas: nunca volverían a verse, el destino lo sabía, pero la anciana y Trinidad nunca lo imaginaron. Tal vez entre las lágrimas derramadas tuvieron ese presentimiento.

Mi tío tuvo la esperanza de volver, supongo, pero no fue así. El destino, ¡el maldito destino!, lo tenía más que previsto —¿o no?

Se llevó una pocas pertenecías, prácticamente un cambio de ropa, los huaraches que llevaba puestos y la dirección a la que la abuela le comentó que enviaría a la joven Trinidad con sus padrinos —¡vaya acierto! Si sus padrinos no la hubiesen traído, este narrador no hubiese visto la vida.

Primera carta

Cuando el tío llegó y se estableció en el poblado en el que trabajaría, en cuanto pudo envió la primera carta a su hermana. Valiéndose de papel y lápiz, escribió:

Querida hermana,

He llegado con bien a esta ciudad. Tan pronto salimos de la Hacienda del Valle, la tristeza y el dolor de dejarlas me cubrió de temor. No sé cuál sería nuestro destino, espero que todo sea para bien.

Llegamos a la ciudad capital del país y de ahí nos trasladamos en el autobús a la capital poblana, la que es famosa por su mole. Luego de pasar por la capital del estado de la Verdadera Cruz, nos trasladamos a este poblado, al norte del estado pasando por Papan-tlan, esa "ciudad que perfuma el mundo". Por ahora estaremos recolectando naranjas, que abundan en este lugar. Es un poblado muy pequeño, al que llaman "El poblado de los siete cerros", Chico-tepetl, según entiendo. Me han dicho que también trabajaré una temporada en la pisca del café y otra en la recolección de caña de azúcar, pero eso será en otro lugar.

No te preocupes por escribirme, no sé cuál será mi destino final y dónde podré echar nuevamente raíces. Espero pronto poder enviarte otra carta. Si la abuela está contigo, abrázala de parte mía.

Con cariño,
Tu hermano

Nunca supo la alegría que a Trinidad le dio recibir esa carta, leerla y saber que todo iniciaba bien en la vida de su hermano, su nueva vida. Por supuesto ella guardó el papel recibido.

El escritor apenas si lograba algunos buenos trazos, así que escribir ese mensaje no fue fácil. Para el envío de dichas cartas tenía que esperar más de veinte días hasta que los pobladores se organizaran con un puñado de ellas que debían ser llevadas hasta la ciudad más cercana para después ser enviadas por correo postal hasta llegar a su destino. Imagino a la carta disfrutando de un largo viaje por todos los medios de transporte terrestre hasta ese entonces usados, lo bueno que iba acompañada de un sinnúmero de otras de la misma especie, contándose entre ellas las historias. Vaya chismes — en mi pueblo son expertos — que pudieron contarse. Siempre hay alguna carta que dice, "mi pecho de papel no es bodega", y el costal del cartero es su confidente. Nadie escucharía el eco de sus letras salvo sus destinatarios.

Pasó tiempo para que él volviera a escribir; las jornadas no se lo permitían. Por las tardes cuando el sol se ocultaba, la falta de luz eléctrica dificultaba la escritura.

VISITA A LA ABUELA

T iempo después de que mi madre y mi tío dejaron el viejo poblado de la Hacienda del Valle y las pocas tierras que pertenecieron a sus padres, Trinidad, angustiada por su abuela, rogó a Bonifacio que la llevara de visita al poblado donde había quedado la viejecita. No tenía razón de ella, día a día comentaba Trinidad a mi padre, y la preocupación aumentaba con el paso de estos.

—Iremos pronto, mujer, en cuanto esté arada la tierra —respondía él, don Boni, aunque realmente nunca tuvo el tiempo o la voluntad de llevarla o enviarla acompañada; la tierra debía ser trabajada sin descanso o la cosecha podría perderse.

¿Qué son escasos 150 kilómetros? Nada, realmente, pero en esos tiempos era una distancia larguísima, pues la odisea para llegar allá era primeramente tomar un camión desde el pueblo hasta el cruce con la carretera que va de la Perla de Occidente hasta el mar Chapalico. Una vez llegados al cruce, había que esperar quién-sabe-cuánto tiempo un segundo camión que los llevaría a la ciudad mueblera para de ahí trasladarse a pie hasta la casa de su abuela Doña Sarita.

¡Cuánto hubiera dado por poder visitarla continuamente!

Doña Sara realmente era una mujer ejemplar. Viuda desde los treinta, había cuidado de su hijo Bruno, mi abuelo, con mucho ahínco —sin duda ser hijo único tendrá sus ventajas, yo nunca podré saberlo.

Tener trece hermanos, contando a las mujeres, no es fácil, mucho menos llevarse bien con todos. Ahora me avergüenza decirlo y quisiera pedir disculpas a mis hermanos. ¿Disculpas?, qué va, perdón es lo que este narrador necesita, pero ya es tarde para ello, el orgullo no me lo permite. Sí, orgullo del malo, ese que al final de tus días te atormenta y vuelve loco.

Haber gritado a uno de mis hermanos que lo mataría me ha dejado avergonzado durante todos estos años. El mismo demonio se aprovechó de mi coraje y me hizo vociferar maldiciones en su contra. ¡Ay de mí por tan lamentable comportamiento contra uno de mi propia sangre!

Bruno, como les comentaba, se hizo cargo de las parcelas de su padre, logrando estabilizar económicamente a su madre y a él mismo. Y al contraer nupcias con Isaura, ella fue la envidia de aquellos que le arrebataron la existencia —¡malnacidos!, seguro estarán quemándose en el infierno.

Isaura era una mujer de baja estatura, de cara redonda, cabello largo hasta la cintura de un negro azabache, y piel blanca; una mujer que se distinguía entre muchas, sí, entre muchas. En dónde vivián no abundaban potrancas tan hermosas como ella, la que llegaría a ser mi abuela.

La fama de las mujeres hermosas en ese tiempo correspondía a los poblados de los Altos de Xalli-istli-co, región en el que la hermosura de sus mujeres, dicen, se debe a los asentamientos de españoles, franceses y demás europeos llegados en la época colonial. Vaya usté a saber la verdad. Lo que sí es verdad es que mi madre se quedó con las ganas de ver a Doña Sarita, corrijo, la Gran Abuela Doña Sarita.

Tiempo después, mi madre recibiría la noticia del fallecimiento de su querida abuela. Los vecinos la sepultaron en la misma tumba dónde reposan los restos de don Bruno e Isaura, su nuera. El tiempo no perdona a nadie.

De la persona que vino precisamente a darle la noticia y a traerle unas pocas pertenencias de la viejita, cuyo deceso fue natural, no se volvió a saber nada.

Las parcelas se perdieron, los malnacidos perpetradores del asesinato de Bruno lograron su propósito, apropiándose de ellas sin castigo alguno de parte de las "autoridades" en esa región del estado. No dudo que estuvieran bajo la amenaza de aquellos ladrones.

Los días de luto y llanto de Trinidad fueron agobiantes, el mundo estaba en su contra. No culpó a nadie de sus desgracias y se guardó el dolor en el corazón. Su primer embarazo, que estaba por finalizar, no le permitió mover un dedo para ir por lo menos a visitar la tumba de sus padres y ahora de su abuela. Debía cuidarse, pronto nacería su primogénito, al que llamaría José, quien creció fuerte.

José era de cabello rizado, un poco cachetón y de carácter afable, dicharachero a más no poder. Sus conversaciones siempre fueron animadas y ocurrentes, más cuando se trataba de sus aventuras juveniles. Contrajo nupcias con Genoveva, con quien tuvo a bien darle el primer nieto a mis padres y luego cinco más en sus años de matrimonio.

Segunda carta

Con mucho cariño escribió el tío:

Hermana,

Rudelio es uno de los trabajadores que me acompaña en las labores, cualquiera que estas sean, y nos hemos convertido en buenos amigos, aunque siempre dudé que los hubiera, en más de una ocasión ha demostrado lo contrario.

Él y su esposa han llegado al grupo de trabajadores y se establecieron en nuestras barracas. Los acompaña la hermana de Rudelio, que viene huyendo del marido que le tocó, un tipo desobligado, buscapleitos, borracho y pendenciero que la ha dejado a su suerte con cuatro hijos y embarazada de un quinto.

Ya es mucho poder sostener a cuatro más uno adicional, los aprietos económicos son bastantes. El cuñado de Rudelio no sabe que la mujer viene preñada, es más, ni sabe dónde carajos se ha metido, pues le ocultaron a dónde irían para evitar que les siguiera. Está a punto de dar a luz.

Rudelio me ha comentado que su esposa y él adoptarán al niño como propio y le pondrá sus apellidos. Luego, si la hermana quiere, podrá regresar con el marido, pero sólo con cuatro chamacos.

Han hecho el trato de quedarse con el niño y ocultarle al padre todo esto debido a que ellos no pueden tener crías propias. Por alguna razón el destino les privó de la bendición de tener chilpayates. Sí, lo reitero, "el maldito destino". Pero qué mejor oportunidad les puso el cielo para tener en sus brazos a un hijo con los mismos lazos de sangre.

Que Dios les de la fuerza para afrontar al destino. Personas como Rudelio y Suliana siempre tendrán mi admiración y respeto por tan loables acciones.

Te escribiré pronto.

Con amor,
Tu hermano

HISTORIA

Apenas alcancé los seis años de edad, mi madre me puso en la lista escolar para el ingreso a la primaria, así que cada día, mientras estuve en la escuela, fui avanzando poco a poco en el aprendizaje de la escritura, la lectura, la historia: mi plan se estaba consumado, las cartas del tío serían de mi conocimiento y nadie sabría de ello, ¿o sí?

La escuela estaba situada en las instalaciones de la planta textil que le dio vida al poblado y había sido preparada para educar principalmente a los hijos de los trabajadores de la misma, aunque por indicaciones de los dueños, quienes profesaban una ferviente fe católica y un acentuado sentimiento de ayuda al prójimo, se permitió con el paso de los años el acceso general de cualquiera de los pobladores del reciente creado municipio.

La fecha legal de creación data de 1943 y en ella estuvo plenamente involucrado un señor llamado Tino Rosales. Este acontecimiento es motivo de un manuscrito completo, no sólo él sino parte de los pobladores, docentes en el poblado y obreros de la fábrica textil de Río Grande, pero dejaré este suceso a los cronistas del pueblo. Algunos como Gus "El Chori" Carrillo, de quien me acuerdo al momento de relatar esto, y don Arnulfo "El Chino" Osorno, dedicaron parte de sus vidas a la creación y conservación de documentos históricos de la región.

Con el tiempo vendrán nuevos cronistas interesados en conservar la información histórica de esta colonia obrera.

Se cuenta que para 1896, y a través de inversiones de industriales franceses, se comenzó la construcción del edificio de la fábrica textil de Río Grande en los terrenos propiedad de la familia Bermejillo Negrete, para ser precisos de don José María Bermejillo y de su esposa María Dolores Negrete. De tal modo, se asignó la construcción a cargo de un ingeniero de apellido Robles.

La obra de construcción duró mucho tiempo y el resultado fue majestuoso, a decir de los primeros pobladores que conocieron la fachada de la fábrica textilera que llegó a ser una de las más grandes de todo el occidente del país. Aunque todavía hoy perdura y da testimonio de grandeza, muchas de las secciones de la fábrica están en ruinas. Ha habido intentos de restauración, pero el infortunio de ser propiedad privada impide al gobierno local parte de los planes de conservación del inmueble, además del costo que implicaría lograrlo.

El acceso a la planta es por un callejón que viene en dirección a la calle principal de acceso al poblado. A escasos cien metros desde la primera calle perpendicular conocida como la calle 50 se encuentra un majestuoso arco de acceso —¿a quién se le ocurriría nombrar las calles por números de cien en cien si en algunos casos sólo hay cuarenta casas por calle? Este arco tiene aproximadamente unos siete metros de altura, quizá más, y está rematado por encima con una estructura triangular de estilo griego. Visto de frente, del lado izquierdo, tiene un acceso peatonal, una puerta de dos hojas de madera con un vitral de cuatro filas por cuatro columnas, es decir dos por cada hoja de la puerta, situado así entre dos columnas estructurales forradas con ladrillo rojo que, según dicen, fue traído desde la misma Inglaterra, ¡vaya usted a saber la realidad!

Del lado derecho, una ventana. La puerta y la ventana están coronadas por un arco de ladrillo y enmarcadas por columnas simuladas con el mismo tipo inglés. Realmente los detalles de este doble arco de acceso al complejo textil hecho a base del ladrillo "inglaterrano" son demasiados para describirlos en su totalidad.

La calle de llegada a este arco —me parece— es un camino de estilo romano totalmente a base de piedra que perdura hasta hoy. ¿Cuántas veces transité este acceso mientras estuve laborando en esta fábrica? Eso será motivo de otros párrafos.

El muro, tanto a la izquierda y a la derecha de este acceso, más bien parece una muralla, y algo hay de acierto en ello, pues el poblado, la colonia obrera, que parte de la mencionada calle 50, llega hasta lo que se conoce como la calle 1200, donde termina el bloque inicial de calles de esta colonia obrera. Si existió una muralla en los cuatro lados que formaban el rectángulo de la colonia, eso se lo dejaremos a los historiadores.

La muralla está formada por casas igualmente construidas con ladrillo de adobe, techos de madera, muchos de ellos aprovechados del empaque que cubría la maquinaria de la textilería cuando llegó desde otros países para ser colocada en la planta productiva. En ese entonces algunas de las casas tenían un techo plano y fachada cuadrada, otras más tenían techos igualmente elaborados con polines y maderas del mismo empaque de la maquinaria. Pero su cubierta exterior estaba hecha a base de la tradicional teja de barro, lo que con el tiempo provocó que a una parte de la colonia obrera se le conociera como el barrio chino, tan solo por este tipo de techados.

Por supuesto que estas construcciones y acabados nada tienen que ver con los finos y adornados techos de una casa o tradicional edificio chino, pero la imaginación del mexicano va más allá de una simple comparación. Colonias chinas había en otras ciudades del país, como la de la comarca lagunera, donde cerca de trescientos inmigrantes chinos tuvieron un final trágico y sangriento. Aún pueden verse en algunas casas techos estos elementos constructivos que fueron aprovechados para disminuir el costo de la construcción. Casas provisionales que se han quedado para siempre.

Al inicio de su construcción ya se vislumbraban en el país los primeros signos de lo que hoy conocemos como la Revolución Mexicana. Conflicto en el que los políticos arrastraron a los más desfavorecidos de la población, utilizándolos como carne de cañón.

Dígame usted, ¿qué beneficio se obtuvo de este encarnizado conflicto? El pobre siguió siendo pobre y el político siguió en su misma posición. ¡Vaya mierda! Lo mismo que hoy se ve en las altas esferas políticas, pero sin los muertos, como en el referido conflicto revolucionario. Así que aprovecho este manuscrito e invito a todos los políticos parásitos partidistas a que dirijan sus pasos hacia donde se encuentren sus progenitoras, vivas o muertas, y una vez frente a ellas comiencen a importunarlas. A quien le quede el saco… ¡que se lo ponga!

Previo al acceso por el mencionado arco, y del lado derecho, como lo dije anteriormente, teniendo de frente la entrada, hay un jardín con grandes árboles y justo entre ellos una estatua que figura un soldado romano. Me hubiese gustado que el soldado estuviera acompañado por una bella doncella, no importa que su corazón fuera del mismo material, mármol blanco, duro, frío.

Dentro del complejo y directamente hacia este mencionado arco de entrada se encuentra el edificio administrativo principal que cuenta con una torre central con cuatro lados en los que se colocó un reloj por aristas, según se dice, traídos de París. ¡Demasiados lujos para un complejo fabril! El reloj posterior sólo podía ser visto desde el otro lado del río. La construcción frontal de este edificio era igualmente majestuoso y al estilo, podría decir, de los palacios europeos más prominentes de la época.

Por el lado sur llegaba un ferrocarril hasta las instalaciones de la fábrica textil. Por tantos años el sonido del silbato de la alarma que anunciaba el inicio o la terminación de la jornada laboral fue el característico distintivo del poblado.

Hombres y mujeres podían trabajar en cada uno de los departamentos de la fábrica, más de 1,500 obreros y alrededor de cincuenta administrativos conformaban la plantilla de personal necesaria para darle vida a esta magnífica infraestructura. En sus inicios, esta colonia albergó gente de diferentes regiones del país, a algunos de ellos les llamaban "los queretanos", según me comentó la señora Lina Valadez, "Linita", como algunos le llamaban, en una de las conversaciones que tuve con ella. Que disque porque venían precisamente del estado cuyo nombre proviene del purépecha y significa "lugar de grandes piedras", según se platicaba entre los pobladores de la colonia obrera.

Las casas que hoy conforman las cuadras iniciales eran precisamente las barracas que albergaron la mano de obra proveniente del interior del país a la obra de construcción. Entre albañiles, carpinteros, herreros y cuanto oficio se les pueda ocurrir, caminaban por las trece calles que conformaban el pueblo.

Los bloques de las calles estaban partidas en dos secciones por una calle central llamada la calle Real —aunque nunca un rey caminó por su longitud, que yo sepa—, dejando así la colonia con un acceso directo al arco de la fábrica.

Día a día fui aprendiendo lo que en la escuela nos impartían. Quién pensaría que sólo tendría los estudios primarios y a duras penas lograría terminar los elementales.

TERCERA CARTA

Querida hermana,

En uno de nuestros días de descanso, un fuerte golpeteo a la puerta de entrada del cuarto de Rudelio nos puso en alerta. Evan, un niño de escasos diez años de edad y con un deficiente lenguaje español, llegó con el aliento y con el corazón agitados, gritando por ayuda.

Al abrir la puerta, el chamaco a duras penas explicó a Rudelio que su padre estaba golpeando a su mamá. Al escuchar semejante noticia, me puse de pie y junto con mi amigo corrimos hacía el jacal dónde se encontraba la familia del muchacho. Llegamos a tiempo, de no haber sido así la mujer no la habría contado.

La señora Bethra es la cocinera que prepara los alimentos para el grupo de trabajadores en la huerta dónde nos encontramos. De origen rumano, llegó con sus tres hijos y su esposo a nuestro país. Su hija, Kena, y el menor de sus hijos, mostraban en sus rostros la tristeza, miedo y dolor, sentimientos que el tiempo y el apoyo de todos los trabajadores ayudaron a disipar. Incluyendo las familias de algunos, formamos una familia sin los lazos sanguíneos requeridos para que eso suceda.

Con el tiempo supimos que salieron de su tierra huyendo de los conflictos entre su país y la Unión Soviética por la anexión de tierras de la región de Besarabia con esta última potencia mundial, región en la que se encontraba su hogar. Vivieron de cerca el hambre y la miseria que un conflicto bélico de este tipo trae a los seres humanos. Pasaron por el país de la bota y por la península ibérica, es decir, recorrieron gran parte del sur europeo a pie, en camión, en carreta, para lograr embarcarse hasta nuestro país en busca de una mejor vida.

Ella, de profesión enfermera, es una mujer trabajadora que vela arduamente por sus tres hijos, algo pelirroja, con el cabello hasta la cintura, blanca y pecosa, de estatura media.

Entre llanto y sollozo agradeció nuestra intervención en favor de su seguridad y de sus hijos. Tenían apenas unos días de haber llegado a la región, por lo que no hubo tiempo de conocerlos personalmente hasta ese día. El maltrato de su esposo ya tenía antecedentes desde que salieron del pueblo donde vivían.

Su vida tomó un giro inesperado y con mucho esfuerzo dejó a su esposo (del que no quiero hablar). Con nosotros el Sr. Rotry fue siempre respetuoso; su hijo menor llevaba el mismo nombre.

Por un tiempo ella trabajó en la finca y logró reunir los fondos necesarios para continuar su camino, ya que su meta era llegar hasta la Unión Americana.

Tiempo después, una carta de doña Bethra llegó a manos de Rudelio. En ella le agradecía tanto a él como a su esposa por el apoyo durante el tiempo en el que trabajó en la finca.

Te escribiré nuevamente. Recibe un abrazo y saludos. Hasta entonces, hermana mía.

Con cariño,
Tu hermano

AMISTAD

Tan pronto se escuchaba la campana de salida de la escuela, la Mártires de Rio Blanco quedaba en completo silencio; los compañeros y yo corríamos con el morral tejido con hilos de algodón, alguno teñido en azul, rojo o negro. Dentro de él cargábamos los escasos útiles escolares: un cuaderno de notas, un lápiz, el borrador y el libro de lecturas eran todo lo que necesitábamos para las clases.

No teníamos uniforme escolar, la mayoría de nosotros utilizábamos huaraches como calzado y lo que nuestros padres podían darnos como vestimenta. Algunos de mis compañeros usaban el característico pantalón de manta y la camisa de la misma tela. En esta etapa de mi vida pude conocer amigos que me duraron toda la vida, aunque el destino, ese mismo maldito destino, nos llevó por caminos diferentes.

En una de esas ocasiones, quien esto narra y mis amigos Lucio, Marcelino, a quien apodamos "Chelino" y el no menos inolvidable "Píjolas", pasamos de largo la casa y fuimos a parar una de las represas que contenían el agua de lluvia que bajaba por las faldas del cerro caprino.

Contenían agua tan revuelta con tierra que simplemente no se apreciaba el fondo de la represa que en algunas partes alcanzaban hasta los tres metros de profundidad. No sólo eso, imagine usted todo lo que arrastraban las aguas que la alimentaban para depositarlo en el fondo de ella: perros muertos, basura, huesos, o un sinfín de desechos orgánicos entre los que contamos caca humana, de ganado vacuno y de equinos. Sí que criábamos anticuerpos.

Estuvimos nadando en pelotas y como peces gran parte de la tarde sin percatarnos de la hora. El hambre que sentimos la saciamos con unos nopales cortados a tajo con la navaja que cargaba Lucio, asándolos al calor de unas brazas encendidas por Píjolas.

Unos cuantos pájaros sitos, muy abundantes en la región en ese tiempo, nos sirvieron como parte del menú. Fue Lucio el encargado de resorterearlos, desplumarlos y eviscerarlos para luego empalarlos en una estaca hecha con un palo de mezquite.

La peor parte me la dejaron a mí: tuve que treparme a algunos árboles para que ese delicioso asado de sito fuera acompañado con unos ricos mezquites recién cortados, y unas vainas de guamúchil, llamadas guámaras, demasiado maduras para la fecha en la que los cortamos, algunas ya en mal estado debido a que con las primeras lluvias se descomponían. Junto a ello no se hacía esperar la llegada de gran cantidad de insectos que se alimentaban de los frutos rezagados en sus árboles.

Con el paso de los años me di cuenta que es más delicioso subirse al guayabo que subirse al mezquite, ¡verdad de Dios! Pero vayamos paso a paso en estos acontecimientos, no nos adelantemos.

Una vez saciada el hambre volvimos a la nadada y de repente, en una sumergida que dio Lucio mediante un clavadazo, simplemente no salió a flote.

Por el momento pensamos que contenía la respiración para demostrarnos su resistencia, pero una mano agitada que apenas logró verse cerca de la superficie nos indicó lo contrario. En ese momento los tres que nos encontrábamos en la parte superior de uno de los montones de tierra extraídos de la represa saltamos al agua sin medir el peligro.

Con gran esfuerzo, Píjolas logró zafar el pie que se le había atorado en lo que parecía una rama de árbol.

El susto no fue para menos, no teníamos el permiso de nuestros padres y la responsabilidad de una tragedia hubiese sido nuestra.

Ya en la superficie, Lucio inhaló una bocanada de aire que entró a sus pulmones dándole el ánimo requerido para medio nadar. Píjolas y yo lo guiamos hasta la parte más próxima y baja de la represa y lo tendimos entre el lodo de la orilla y el agua mientras recobraba la fuerza para levantarse.

Lo dicho: si no hubiese sido tan resistente a mantener la respiración hubiera tragado agua con demasiada suciedad, lo que hubiera derivado quizá en alguna infección de carácter estomacal, por decir lo menos, y no la hubiera contado.

La tarde se nos vino encima y unos nubarrones negros que se movían rápidamente desde el Cerro de las Antenas nos indicaron la pronta llegada de la tormenta. Decidimos tomar nuestras cosas y retirarnos a nuestras casas, pero antes hicimos el pacto de no hablar con nadie de lo sucedido. No quisimos sumar un regaño de nuestros progenitores al que ya de por sí teníamos merecido por el escape.

El primero en llegar a su casa fue Lucio, el predio donde vivián nos quedaba de paso. En seguido nos dirigimos hacia el carril y al llegar al corral de mi casa allí me quedé parado. Píjolas y Chelino siguieron hasta la calle Jalisco y ahí dividieron sus caminos.

Nunca volvimos a hablar de lo sucedido aquella tarde, más por el temor de haber perdido a un amigo que al temor de que nuestros padres se enteraran de nuestra imprudencia.

CUARTA CARTA

Querida hermana,

A primera hora de la mañana y antes de que el alba se presentara, el capataz de la obra ya estaba llamando a cada uno de los trabajadores a ponernos de pie, despiertos y listos para llevarnos a los altos terrenos de la sierra cordobesa. Casi cuarenta minutos de camino hacia arriba desde las barracas.

Esta vez el contratista nos llevó a una plantación de café. Ha sido toda una experiencia, agotadora, pero gratificante.

Es tan minucioso el procedimiento para la recolección de la cereza del café (así le llaman a la semilla) que nos han dicho que lo importante de todo esto es salvaguardar las ramas del arbusto para que la próxima cosecha tenga éxito. ¡Vaya jornada de trabajo! Algunos compañeros tuvieron que ser tratados medicamente; fue agotador.

Por parte mía no dejo de extrañarte, y a la abuela. Querida hermana, espero que todo vaya bien.

Aún no nos dan un trabajo estable en el que podamos asentarnos y con ello poder recibir noticias tuyas por este medio. Ruego a Dios, si es que existe, que me permita volver a verte.

Este fin de semana nos llevarán a la capital Xallapan (qué vocablo tan oportuno, llamar a una ciudad "agua entre la arena") a pasar un día de descanso como premio a nuestro trabajo. Que dizque los gastos correrán a cargo del patrón. Si es así, podré comprar algo para enviártelo por correo, esperando que te llegue oportunamente.

Salúdame a los padrinos y dales un fuerte abrazo de parte mía, esperando verlos pronto. Te escribiré tan pronto pueda. Un abrazo y un saludo. Hasta entonces.

Con amor,
Tu hermano

Precoz

Una vez llegado a los doce años y habiendo terminado los estudios primarios, preferí trabajar que seguir estudiando, logrando aprender el oficio de la albañilería de la mano de mi hermano Isaac. Él también nos enseñó a fabricar ladrillo del que llamamos adobón y del ladrillo pequeño utilizado en los techos de tipo cuña o bóveda catalana; aprendí todo el oficio de ladrillero, desde fabricar el bastidor, o molde, hasta la quema del horno.

Todos los días después de realizar mis responsabilidades en casa, caminaba desde la parte trasera del corralón de los Vélez, como punto de partida, hasta el camposanto, para recoger algo de rastrojo, compuesto principalmente por caca de caballo y caca de vaca. Era don Jesús quien administraba el corralón de automóviles, así como grúas de arrastre y un negocio de venta de materiales para construcción. Cómo me gustaba jugar, cuando se podía, a conducir los automóviles ahí guardados.

Era preferente que el desecho estuviera seco, ya que este se desbarata y se mezclaba con el barro para hacer los ladrillos. Las vacas pastaban hasta los límites, con el camposanto cerca del partidero del carril, así que no era difícil encontrarse todos los días el preciado pasto transformado. Me gustaba más recoger el de vaca porque la mierda quedaba en una sola pieza, redonda, y hasta parecía pan recién horneado. En cambio, la caca de caballo la encontraba en bolas del tamaño de mi puño.

También ayudábamos a papá, en temporal de siembra, en la labor que se encontraba al pie sur de lo que llamamos el Cerro Colorado, al lado oeste del prominente Cerro de las Cabras que luego pasó a conocerse como el Cerro de la Cruz, como ya les describí anteriormente. Todo iniciaba en febrero, antes del marcado temporal de las lluvias que se prolonga hasta agosto. La escasa hectárea y media que conformaba el terreno de siembra se encontraba pegada a la atarjea a escasos trescientos metros de la carretera de acceso al pueblo, en dirección a la zona que conocemos como la Azucena.

El agua que llenaba la atarjea era suministrada principalmente por un ojo de agua unos metros al norte de esta. La diferencia en la altura del terreno permitía la conducción del agua hasta la pileta norte por un canal como si fuera un arroyo natural. La atarjea, con una pileta cuadrada en cada extremo, era de aproximadamente veinticinco metros de longitud y estaba dividida en dos canales a lo largo, separados por un muro intermedio. ¡Qué buenos chapuzones no dimos en sus aguas! Al terminar la jornada laboral, ganado y jornaleros disfrutábamos de sus frescas aguas.

Aún quedan restos de esta atarjea como testigos mudos de tantas historias que quizá jamás serán contadas.

¡Qué va!, yo me ocuparé de ello, pues fui testigo de amoríos entre los maizales, testigo de los gemidos que más de alguna "hembra" bien atendida dejaba escapar.

Mientras el sol caía a espaldas del cerro colorado, con el pretexto de ir a la labor de los Iñiguez, me escapaba; mi hermano Pancho y mi padre volvían a casa sin éste precoz muchacho. Mi corazón bombeaba sangre a los más recóndito de mi cuerpo, yo estaba preparado, agazapado entre las milpas. Conocía la hora y el lugar al que llegaría una de las parejas para darle rienda suelta a sus pasiones y saciar sus instintos carnales.

La luna, ella igual que yo, fue mudo testigo de tales acontecimientos. Quizá algún búho o lechuza fue nuestro cómplice también.

Particularmente vi que una dama, que para sorpresa mía no estaba con el hombre al que había unido su vida en sacrosanto matrimonio, sino con aquel que le acariciaba el corazón y el cuerpo de pies a cabeza, en más de alguna ocasión se detuvo a medio camino. Al parecer se había casado con un hombre hecho del mismo material que el solitario soldado romano de la textilería, de dura y fría piedra, pero no de cualquier piedra sino de fino mármol.

Una vez terminado el amorío, tomaban sus ropas y a medio vestir caminaban hasta la atarjea para purificarse en sus frescas aguas cuando los jornaleros ya no nos encontrábamos por el lugar. Purificados o no, volvían a pecar enredando sus cuerpos para despedirse con un apasionado beso. Saciados sus corazones —y sí, todo lo demás también— caminaban hasta la polvorienta senda que viene de norte a sur desde el Zapotillo, detrás del Cerro de las Cabras, situado más próximo al penal de Puente Grande. Ese sendero se une a lo que se conoce como la Alcantarilla, pocos metros antes del camposanto.

A veces veía cómo la dama caminaba hacia el sur por ese sendero, hacia la carretera de llegada al pueblo, para de ahí caminar con dirección este, directo hasta la calle Real, mientras el flamante caballero, por su parte, caminaba por el senderillo desde el pozo del sabino, otro de los veneros u ojitos de agua que había en esa zona, subiendo por la Colina de la Poma con destino al poblado.

Tengan la seguridad de que me llevaré su secreto a la tumba, pensaba en aquel entonces, *al menos el secreto de sus nombres.*

Los amantes, en el pueblo, dedicados a sus trabajos y familias, no se dirigían ni una mirada; no era de mi incumbencia, ellos tendrían sus razones para disfrutar sus pasiones naturales.

QUINTA CARTA

Otra carta de mi tío rezaba así:

Querida hermana,

Decidí nuevamente seguir mi destino: he dejado la finca y los amigos que en ella hice.

Tomé camino hacia el puerto jarocho. Para cuando te escribo esta carta llevo tres meses entre penuria y gloria.

Un amigo de origen español, catalán de nacimiento, llegó a América en barco, escondido como polizón, buscando aventuras. Como este, tu hermano.

Desde la Patagonia y hasta nuestro país, ha recorrido el continente y la vida con singular alegría y entusiasmo. Su habilidad y sagacidad de pensamiento le han permitido triunfar a cada momento de su vida hasta ahora. El destino ha querido que nos encontrásemos. De nombre Jacinto, hijo de un sacerdote católico y el más pequeño de sus hermanos, es una persona confiable y de buenos principios morales. Ha sido él quien me ha apoyada para conseguir un trabajo y espero pagarle prontamente el favor.

Aunque sé que él lo ha hecho desinteresadamente, siempre tendré presente a cada persona que me ayudó en mi camino. Estaré para ellos si cuando me necesiten está en mis manos poder ayudarlos.

Espero escribirte pronto,
Tu hermano

En todas las cartas del tío se notaba un rasgo característico, su aprecio por la verdadera amistad. Este narrador se encontraba en el mismo camino.

Durante años prodigué la más fidedigna amistad a cuantos me rodearon, fiel a mis convicciones y principios, sobre todo cuando se trataba de honrar mis propias palabras, aunque, los demás no lo hicieran.

Mi conciencia se queda tranquila, las de los demás no es de mi interés. Cada uno recibe el justo pago por sus acciones.

Dale espacio al debido tiempo, él de sobra sabrá pagarte.

ALGODONALES

La temporada de siembra no había ido bien. Ese año escasearon las lluvias, lo que afectó seriamente la cosecha del maíz, así que don Boni, mi padre, decidió irse una temporada hacia el norte.

Llegaron primeramente a Ciudad Obregón, donde teníamos algunos parientes que los recibieron con gusto. Lo acompañaron mis hermanos mayores José, Juan, Francisco y Pedro, menor que yo; los demás nos quedamos en la colonia obrera.

Una vez llegados lograron acomodarse en la cosecha del algodón, así que de pizca en pizca lograron reunir una buena cantidad de dinero que cuando regresaron nos sirvió para pasar la temporada final de ese año. Las prolongadas sequías en el país se habían acumulado en ese año del 63 y terminaron por arruinar los sembradíos que año con año se lograban en las pocas tierras de nuestra propiedad al pie del Cerro el Colorado y al lado de la atarjea, lugar del que ya narré un poco en párrafos anteriores.

Pedro, el más pequeño de los cuatro que acompañó a mi 'apá, aprendió lo duro de la vida en el campo, pero en las condiciones extremas que tiene esa región del país. Para cuando volvieron a casa, él venia requemado por el sol, si de por sí varios de los hermanos estamos prietos, con los días en lo que estuvo trabajando en la pizca se oscureció más, tanto que le apodamos "Pelé" —hacía apenas un año que el rey del futbol se había coronado campeón del mundo con su equipo Verdeamarela en las lejanas tierras chilenas, siendo este el pretexto ideal para el mote.

Fue precisamente en esas tierras del norte dónde José y Francisco conocerían al amor de sus vidas. Pero sólo ellos pueden contar la historia, no estoy autorizado para hacerlo por ahora; el futuro quizá pueda darme el permiso y la oportunidad. A decir de Juan, a quien también le gustó el comercio, pero tan distinto a Isaac de quien hablaré un poco más adelante.

También el trabajo en la pizca disminuyó, así que para no dejar solos a mis hermanos y al jefe, Juan se puso a trabajar en la venta del duro de cochi. Él prefirió durante muchos años madrugar para trasladarse hasta la capital del estado y llegar muy de madrugada a la zona del mercado de abastos, concretamente a la zona de productos del mar, comprar mariscos y rápidamente emprender el regreso al pueblo.

Su puesto consistía en un carrito que era movido manualmente. La descripción que recuerdo es esta: una simple caja de madera de aproximadamente un metro de largo por unos setenta centímetros de ancho y unos sesenta de altura montado sobre un eje para ruedas de bicicleta rodado 28, con rayos de alambre de acero pintados en un burdo color azul cielo, y con una sombra que le protegía de los rayos del sol durante su caminata por las calles del pueblo. Así ofrecía mi hermano sus campechanas de camarón y pulpo y sus buenas tostadas de ceviche de pescado, más algunos otros mariscos muy bien preparados y al gusto del comensal.

EL BURRO NO
ANDA EN MIEDO

Cuando las campanas de la Mater Admirabilis daban las doce de la noche, me despedía entonces de los amigos reunidos en la plaza principal frente al recinto mariano donde domingo a domingo nos reuníamos para la serenada del dominical. El ambiente en la plaza era amenizado por los estudiantes de la banda 20 de octubre cuyo nombre se debe al onomástico de la patrona del pueblo, la Virgen María, representada en la imagen traída en procesión al templo del poblado, haciendo representación de su peregrinaje original por órdenes de los antiguos dueños de la empresa textil.

La presidencia municipal se encuentra en la parte norte de esta plazoleta cuya forma cuadrada y achatada en los vértices, con un pronunciado desnivel con respecto a la calle y en su esquina sureste, servía de pasarela tradicional en la que los jóvenes solteros nos colocábamos en el lado exterior mientras que las mujeres desfilaban por el interior rodeando la plaza. Ahí cada cual estaba al acecho de que pasara la dama de su preferencia para entonces unirse al desfile circular en una danza que muchas veces terminaba en un fuerte apretón de manos —y algo más— o simplemente en un rechazo de la dama hacia el varón.

El cortejo previo —o advertencia— era estrellar un cascarón de huevo con confeti en su interior en la cabeza de la mujer elegida. Más de alguna brava fémina tiraba una bofetada de advertencia al cazador, indicándole el disgusto por la afrenta recibida. ¿Y cómo no? Si algunas terminaban con el peinado arruinado, ese que les había costado horas de trabajo y que llevarían al siguiente día a la escuela o al trabajo.

Lo bueno es que como en los corrales de ganado había muchas potrancas de dónde elegir, y huevos ni qué decir, las doñas que los vendían hacían su agosto cada domingo.

Lo siento mucho por aquellas personas de la limpieza que debían barrer la basura durante esa noche de domingo para que la plaza amaneciera limpia el día lunes a la primera hora laboral.

Para mis trece años de edad eso era adrenalina pura, pero el destino me tenía preparada otras sorpresas. El maldito destino siempre fue caprichoso.

Pues bien, al haberme despedido de aquellos pubertos, como yo, emprendí caminata en dirección oeste, bajando por la calle Gómez Farías. A no más de medio centenar de metros de la plaza sentí la presencia de alguien casi tocándome la espalda y el instinto me hizo voltear rápidamente.

Nada ni a nadie vi.

La cerrada puerta de la tienda de don Tulio recibió mi espalda con la respiración entrecortada y un frío sudor recorriendo mi frente. La sangre me helaba con el susto. Me quedé pensativo durante la caminata, pero aun así continué por esa calle que al llegar al cruce con la calle Jalisco se convierte en el mencionado carril.

Pasando la calle Independencia, nada más mirar a la izquierda, en un futuro no muy lejano se ubicaría el negocio de mi amigo Memo, un compañero de primaria con quien entablé una gran amistad. ¿Quién pensaría en ese entonces que se convertiría en empresario mueblero? Nunca dejó de ser un gran amigo, siempre era un gusto saludarlo y hablar con él. El respeto fue mutuo. Ya de adultos le llamaba "patrón", pues en algún momento lo fue cuando me contrató para albañilear en su casa.

La caminata continuó y llegué a la calle 5 de Mayo donde se encontraba en la esquina nororiente la famosa cantina de Chucho, propiedad del Sr. Javier, en la que algunos conocidos curaban sus pesares, dolores y desamores, o simplemente disfrutaban de la parranda. A escasos veinticinco metros, en la esquina y a la izquierda, pasando la farmacia de don Lauro, se encontraba la tienda de abarrotes de mi querido amigo Ramón "El Carbonero" —está por demás explicar el origen de su apodo. Ahí, sentado en un costal lleno de frijol y él detrás del mostrador de madera rústicamente tallado, también pasaríamos muchas tardes en la plática sobre eventos sucedidos en el poblado o de cualquier otro tema por demás interesante. Y yo no era el único que frecuentaba el lugar, la conversación no cesaba entre cliente y cliente que pasaba a comprar desde piloncillo, harina, arroz, sal, hasta galletas de a un centavo la docena, almacenadas en las estanterías de madera y algunas en el tapanco al fondo de la tienda.

Al llegar a la esquina de la calle siguiente a la Tlapalería Enciso, la calle Tacuba, nuevamente volví a sentir esa presencia a mis espaldas. Más rápido que un rayo giré 180 grados con los puños preparados para dar un certero golpe a quien estuviera detrás. Nuevamente, nada ni a nadie vi.

Caminé entonces unos metros por el centro de la calle con el corazón casi saliéndose entre el esternón y el brazo izquierdo, o así lo sentía, y ahí, protegida por la penumbra estaba ella, de pie entre el 186 y el 172 de la misma calle que conduce hasta el camposanto.

La brillante luz del cigarrillo en su boca medio le iluminó el rostro; sólo acerté a decir "buena noche", como lo indicaba la costumbre.

Recibí una sonrisa de regreso. Mejor dicho, fue una risotada.

Entre el humo del cigarro y la tenue luz de la luna alcancé a ver a una mujer que rondaba los cincuenta años con una fría expresión en el rostro. Sus ojos me parecieron negros, no lo sé.

—Casi te cagas del susto, muchacho.

—¿Cuál susto? Yo no le tengo miedo ni al Diablo.

—No era el Diablo el que venía detrás de ti, sino la misma Muerte.

—¡Pues esa me hace lo que el viento a Juárez! —respondí.

—Si no es porque yo estoy aquí, no la cuentas, chamaco respondón.

—¡No me diga! ¡Ni que fuera usted la reina del inframundo!

Soltó una carcajada y continuó su perorata. No le presté atención.

Apresuré el paso hasta llegar al taller de don Toño "El Bicicletero", y justo ahí arranqué como caballo desbocado hasta llegar al mezquitillo unos metros antes de la entrada al corral de nuestra propiedad. Si aquello no fue el susto de mi vida, no sé cómo llamarlo. Por si la dudas, al llegar a casa revisé mis calzoncillos: todo estaba en orden.

Con el tiempo supe que era una de las hermanas que formaron el grupo que prostituía a jovencitas secuestradas en todo el occidente del país y cuyo negocio se asentó principalmente en San Pancho del Rincón, la mayor de ellas y lideresa del grupo —si el lector me lo permite omitiré el nombre por ahora, pues es uno de los capítulos negros de la historia de esta colonia obrera y que avergonzó a nuestra sociedad.

Se había retirado y vino a ocultarse de las autoridades que ya estaban buscándole para enjuiciarla por los atroces crímenes perpetrados durante tantos años al amparo y cobijo de las autoridades locales en San Pancho y alrededores, años en los que convirtieron casas de citas y prostitución en cementerios.

Se me lengua la traba nada más hablar de esto, de pensar en ello. Me doy cuenta que el burro no anda en miedo.

Se descubrió todo gracias a que una de las mujeres que mantenían cautivas prostituyéndose había logrado escapar, dándole aviso a las autoridades federales en el vecino estado de "Quanax-huato".

Con todo lo acontecido esa noche, me doy cuenta que la mujer tenía razón y que la Parca no venía por mí. Cuatro años más tarde y debido a las escandalosas noticias nos enteramos que ella, "La Poquianchi", había muerto.

Quien caminaba detrás de mí, la Muerte, se escondió a mis espaldas para sorprenderla, pero una vez más esa mujer había logrado burlarla: la risotada no era por mí, sino por la Huesuda que venía a su encuentro y ella lo sabía de sobra.

Sexta carta

Querida hermana,

Mi amigo catalán y este tu hermano caminábamos por la playa en el puerto jarocho mientras la gente se divertía en las aguas sorteando las escasas olas que el viento animosamente enviaba sobre la playa. El horizonte marino se confundía con el cielo azul; el Señor Sol brillando en la parte más alta del firmamento había hecho huir a las nubes: no había rastro de su blanca presencia.

Un sonoro llanto llamó nuestra atención. A escasos metros de donde nos encontrábamos, un niño y una niña comenzaron a llorar de repente dentro de una burda casa de acampar confeccionada con telas de amarillenta manta. Escuchamos los gritos de una mujer y su marido.

El caballero, si así podemos llamarle, estaba golpeando violentamente a la dama. La niña gritaba fuertemente por ayuda *mientras el niño, quien se apreciaba un tanto mayor que la niña, permanecía petrificado ante la miserable acción del "marido" de la mujer. Como pudimos, logramos literalmente arrancar a la señora de las manos de aquel tipo que airadamente le reclamaba, entre golpe y cachetada, que sus hijos habían tomado comida antes de la hora indicada.*

Confundidos, logramos calmar la situación y entre sollozos y reclamos la mujer acertó a decir que eran sólo niños con un poco de hambre. Apenas se percató de nuestra presencia tomó algunas cosas, a los dos chilpayates, y sin agradecernos se marchó.

Permanecimos entre ambos hasta que vimos desaparecer a la señora en las calles del puerto. El hombre no se atrevió a desafiarnos y ahí quedó, bajo el ardiente sol y al cuidado de su progenie, otros cuatro chamacos de los que expresó, mirándonos, "¡Estos sí son míos!"

Mi hispano amigo y este mestizo volvimos a la caminata.

Te escribiré pronto, querida hermana.

Recibe un abrazo,
Tu hermano

EL CONTRATO

Mi hermano Isaac, quien esto narra, y Lino, el décimo de los hijos de mis padres, nos unimos para realizar un trabajo juntos. Obtuvimos un contrato para levantar una casa de campo a las afueras del poblado de Juanacaxtle en el referido municipio de Xonacatlán, por la vía que va hacia el Puente del Diablo.

Para llegar allá, tomamos camino andando el puente que cruza la caída de agua de la que otrora la hidroeléctrica de la fábrica textil aprovechara la fuerza de la corriente dirigida a las aspas del ventilador para producir electricidad que alimentaba a buena parte de la capital del estado. Esta hidroeléctrica forma parte del complejo industrial textilero, hoy en el abandono total, y la misma era alimentada por un brazo del río que los ingenieros de la época habían desviado de la caída de agua por el lado este de la cascada.

Una vez cruzando el puente hacia el Poblado de las Cebollas, tomamos ruta hacia el norte para llegar a la cofradía para, inmediatamente después, dirigirnos a Juanacaxtle.

En el camino, mi hermano Isaac me habló sobre lo que el dueño de la finca le había encomendado, entre sus responsabilidades también estaba la de actuar como capataz de la obra a realizarle, así que debía contratar más albañiles, ayudantes y trabajadores. Las buenas relaciones de Isaac con muchas de las personas dedicadas a este oficio noble de la albañilería lo hacían el candidato idóneo para dirigir estos asuntos.

Llegando a la zona del seminario, bajamos por el empedrado camino que llega hasta el arroyo y ahí nos detuvimos un momento para beber agua y descansar. Todavía teníamos que subir hacia una de las lomas en las que se encontraba el terreno en que se levantaría la finca, a escasos doscientos metros cuesta arriba.

Cargados con las herramientas básicas para iniciar el trazo del terreno, sobre la carretilla en la que colocamos picos y la palas, martillo, mazo e hilo colocamos la cesta de comida que mi madre Trinidad nos había preparado, llenamos el bule con agua del arroyo, y después de unos minutos continuamos nuestro camino. Alguno que otro curioso vecino salió a nuestro encuentro para saludar: la zona era lugar de casas de descanso para algunos, así que no era común ver trabajadores a pie.

El sinuoso camino no prestaba las facilidades para transitar cómodamente en un vehículo motorizado. Las condiciones del empedrado no eran idóneas para este acometido.

En la parte alta, al inicio de la pendiente, por el seminario, una de las angostas curvas del camino llevaba a los vehículos al lado de un desfiladero que, si bien no era tan alto, tenía una inclinación que causaba pánico en algunos conductores. Nada más llegando al predio, ya se encontraba ahí don Olegario, el dueño del terraplén en el que se levantaría la mencionada finca.

El terreno ya había sido trabajado anteriormente, su desmonté había quedado a cargo de uno de los lugareños, mismo que se había encargado de rellenarlo para así nivelar un poco la pendiente en uno de sus extremos, así como los cimientos de la obra a medio iniciar. Al vernos, el dueño hizo ademán de alegría; esperaba que la obra no tuviera contratiempos, pues los permisos de construcción no eran fáciles de conseguir, ni baratos.

Después de la plática y arreglos iniciales, en los que se acordó el pago de salarios y responsabilidades, nos pusimos manos a la obra, literalmente.

—Isaac, ¿conoces a alguien que nos pueda suministrar materiales para la obra?—. don Olegario estaba previendo el suministro de materiales que prontamente se necesita-rían para la finca.

—Sí, don Olegario —respondió mi hermano—. Para el tema del ladrillo adobón y ladrillo chico para las bóvedas, conozco a un buen proveedor, se llama don Lupe, sólo que vive allá por la Ex Hacienda del Castillo.

—Pues tendremos que buscarlo, así que vas a tener que acompañarme.

Don Olegario confiaba.

Al organizar al personal de la obra, mi hermano y yo nos subimos al flamante Chevy 66 color azul de don Ole-gario. No se le notaba patinada de mosca en ninguna de sus deportivas formas y los rines cromados resaltaban el negro de las llantas recién pulidas. La parrilla frontal ornamentada a cuadros e igualmente cromada hacía un perfecto conjunto con los retrovisores circulares.

Emprendimos el camino y en pocos minutos estábamos haciendo fila detrás de cuatro automóviles tan solo para cruzar el Puente del Diablo hacia el poblado de Puente Grande. Según la leyenda, el mismo Demonio había cons-truido ese paso en tan solo una noche.

El puente fue encargado a un contratista que tuvo un sinfín de problemas para realizar la obra debido a la envidia de algunos de sus adversarios que no pudieron ganarle el contrato de parte del virrey de la Nueva España, por lo que durante el proceso de construcción se dedicaron a boicotearlo, pasando desde el ausentismo del personal hasta el soborno a los guardias nocturnos para que permitieran el robo de materiales pertenecientes a la obra.

Llegándose al tiempo de entrega pactado con el gobierno de la Nueva Galicia, el contratista desesperado dijo que vendería hasta su alma al Diablo con tal de entregar la obra a tiempo. Por lo que el maldito demonio, ni tardo ni perezoso, hizo acto de presencia en forma de un rico caballero haciendo alarde de sus capacidades mágicas para realizar la obra. Habiendo demostrado quién era, el contratista y él firmaron el contrato estipulando; como pago, la preciada alma del contratista.

Así, desde los mismos infiernos llegaron los compinches del demonio armados hasta los dientes con todo el herramental necesario y realizaron la labor en esa sola velada.

Al despuntar el alba, las autoridades gubernamentales se hicieron presentes y vieron el flamante paso vehicular terminado, quedaron satisfechos por el cumplimiento del contrato, y con ello hicieron el pago de los honorarios al contratista de obra. Para la noche de ese mismo día, el demonio en forma del engalanado caballero se presentó para reclamar el pago al contratista, mismo que no aceptó pagarle debido a que el contrato firmado a sangre entre los dos indicaba que la obra debía realizarse conforme a los planos. En ellos se especificaba que en el centro del puente debía haber una cúpula con una capilla dedicada al arcángel San Miguel, y siendo éste el acérrimo enemigo del Diablo, el demonio decidió omitir la construcción de la capilla.

El maldito demonio no pudo reclamar el pago de lo acordado, temiendo dejar el plano terrenal. Entre vociferaciones y maldiciones, exclamó:

—Ábranse infiernos y su lóbrega caverna, reciban abismados a su señor— y se esfumó, dejando al instante un precioso silencio y el ambiente con olor a azufre.

Puede decirse que el puente, realmente construido para la segunda década de los 1700 con el firme objetivo de cruzar carretas e impulsar el comercio hacia el centro y noroeste del país, es una obra maestra de la ingeniería. ¡Trescientos años soportando hasta terremotos!

Hoy algunos niños y adultos se colocan en las entradas del referido puente para controlar el flujo de vehículos por la angostura de su dimensión, lo que evita un accidente por impacto entre dos automóviles, y los conductores tienen a bien arrojarles alguna moneda en pago por el servicio prestado.

Por nuestra parte, en cuarenta y cinco minutos nos encontrábamos en las inmediaciones de la referida ex hacienda. Isaac, con toda confianza, hizo el trato con don Lupe y ese mismo día iniciaron con el envío de ladrillo a la referida dirección de la obra.

De regreso decidimos pasar por la colonia obrera para recoger algunos víveres necesarios para el resto de los trabajadores. Dedicamos parte del tiempo en la compra hasta de suministros médicos, previendo cualquier situación.

Pasamos nuevamente por el puente hacia Xonacatlán, pero ahora en el lujoso Chevy que quedó plenamente mojado por la brisa que saltaba de la caída de agua de las Cataratas del Niagara Mexicano.

Hicimos el mismo recorrido hasta llegar a Juanacaxtle y de ahí pasar hasta el seminario, pero esta vez en un menor tiempo, lógicamente. Don Olegario no esperaba las dificultades del camino elegido, así que llegando al seminario tuvimos que bajarnos del carro para echarle aguas a cada paso.

Ya llegando nuevamente al arroyo, el camino pasó sin dificultades.

Sin ladrillo

Por la tarde y cansados de esperar, decidimos retirarnos a nuestros hogares, y regresar al siguiente día a la obra. Don Olegario había acordado con uno de los vecinos el resguardo de las herramientas de trabajo, retirándose a la Perla de Occidente.

Isaac le comentó a don Ole que no era común que don Lupe no llegara a cumplir su compromiso con la entrega del mencionado ladrillo, así que él mismo se aseguraría de ir a la ex hacienda para revisar el tema a temprana hora de la mañana.

No fue necesario. Escuchamos el ruido de un motor y vimos una Ford modelo 50 con la caja modificada a plataforma, más larga de lo normal. Venía cargada hasta el copete, algo traqueteada por el uso, y conservaba un brillante color rojo con demasiados rayones en sus costados. Era don Lupe, quien hizo acto de presencia antes de que nos retirásemos del predio. Tenía en el rostro una expresión de tristeza.

Llegó solo, ni un ayudante le acompañaba. Bajó del vehículo con el sombrero en las manos y, dándole nerviosas vueltas, vino a disculparse por no traer el material a tiempo. Explicó que uno de sus trabajadores, que también era su sobrino, había sufrido un fatal accidente. Su rostro denotaba demasiada ansiedad al contárnoslo. Un chico de apenas dieciséis años, al que apodaban "Fofoy", había caído de la camioneta.

Habían entregado un pedido de ladrillo y la altura de la zona los Laureles por el camino hacia el Agua Blanca, y el maldito destino hizo de las suyas. Entre forcejeos del muchacho con otro de los ayudantes al que apodaban "El Chepillo", quien le tenía envidia, este lo empujó, perdiendo Fofoy el equilibrio.

Cayó de espaldas al suelo y se golpeó la cabeza con una piedra.

Al momento, don Lupe detuvo la marcha del vehículo. Ante el asombro y la sorpresa subieron al muchacho a la camioneta y lo llevaron a urgencias de la clínica cercana a Las Cuadras. Si bien El Chepillo declararía a las autoridades que venían jugando y el muchacho tropezó, quizá sí tuvo la culpa de lo sucedido. Nunca se volvió a saber de él.

Notamos la sangre en la ropa de don Lupe. No nos tocaba hacer juicios de ninguna índole, pues era él quien le abrazó para subirlo a la cabina del vehículo. El joven llegó con vida a la clínica y avisó a los padres del muchacho, quienes se presentaron en el referido nosocomio.

El muchacho murió en brazos de su madre.

Don Lupe pidió permiso para pernoctar esa noche en el predio; él mismo descargaría el ladrillo a la mañana siguiente.

Cuando llegamos a la obra, el ladrillo estaba en el lugar acordado, perfectamente estibado en hileras de cien con el inicio y el final de la primera hilera al suelo, uno acostado en cada extremo, la primera columna perpendicular y el resto en sentido transversal a los iniciales. De la camioneta y su dueño, ni rastro alguno: a buenos entendedores, pocas palabras.

Para el segundo pedido de ladrillo, días después, Isaac y quien esto narra nos dirigimos a la Ex Hacienda del Castillo. No encontramos a don Lupe y por boca de algunos vecinos nos enteramos que se había marchado junto con su familia. Algunos nos decían que a la capital y otros que al norte.

Hicimos el pedido con otro de los conocidos de Isaac, a sabiendas de la buena calidad de los ladrilleros de la zona.

La obra quedó terminada en seis meses, sin más sobresaltos ni sorpresas de ningún tipo. Con el paso de los años, el destino me pondría frente a los padres del fallecido.

SÉPTIMA CARTA

Trinidad, hermana querida,

Te escribo desde el noreste del país, habiendo dejado nuevamente atrás grandes amigos. Rudelio se quedó en la finca; Jacinto se dirigió al heroico territorio poblano.

He venido a parar a la Sultana del Norte en busca de trabajo. En esta pujante y creciente urbe, los días transcurren rápidamente, al menos así lo percibo. El acelerado ritmo de vida es envolvente; la industria acerera tiene una primordial influencia en la economía de esta región. La principal fuente de ingresos de mucha gente aquí viene de trabajar para la empresa fundidora, que ocupa una gran extensión de terreno cercano al centro de la ciudad.

Es increíble la vista desde este lugar de su emblemático Cerro de la Silla. Aquí he conocido a un amigo a quien sus padres lo trajeron desde pequeño, Jorgito Bertrand, nacido en Tapachula. Él es mayor que yo y, junto con su esposa Alicia, ha sido excelente persona para con este viajero.

Te escribiré nuevamente y muy pronto. Por ahora cuídate y ponme en las manos de Dios, si es que existe.

Te quiere,
Tu hermano

ISAAC

—Tons, Jesusito, ¿qué vas a hacer? —me preguntó mi madre sobre la responsabilidad de hacerme cargo de las parcelas que mi padre tenía, pero mis ideas eran otras. Tuve que decirle que no quería esa responsabilidad y el primer motivo era evitar problemas con mis hermanos mayores, a los que ciertamente les correspondía por derecho seguir con ese trabajo.

Aunque los mayores no quisieron. Tal es el caso de Isaac, a quien siempre le gustó el comercio. Iba y venía con un carretón que él mismo había elaborado.

Qué buen ingenio el de mi hermano, que adaptó el eje de una camioneta vieja a una plataforma de tablones y le añadió un tirón, unas pocas tablas más a los costados y un viejo burro que pudo comprar. Era un burro recargado, pero recargado hacia un lado por el peso de la carga que le subía al carretón. Aun así, era un animal fuerte —el burro, por supuesto— que le ayudaba a mi hermano en el versátil negocio emprendido.

Imagine usted: dependiendo la temporada, Isaac cambiaba de vendedor de cañas a vendedor de tunas, vendedor de frutas y verduras, además de haber aprendido el oficio de ladrillero, el que luego me enseñó a mí y a otros de mis hermanos. Y —cómo no decirlo— él por contrato recogía escombro de las construcciones en el poblado y basura en el mercado municipal.

De hambre no se iba a morir. Fue un hombre luchón siempre, y hasta yerbero era, pues le recetaba a cuanta gente se lo pedía un sinfín de remedios naturales. A mí me funcionó más de alguno cuando las necesidades propias de mi edad lo requirieron, bendita adolescencia. Así que por su pequeña fama era conocido como "el hombre del carretón".

Se unió con la señora Concha —supongo que se llamaba Concepción—, una señora algo retraída y soñadora que por temporadas "olvidaba" el seno familiar, dejando a sus tres hijos al cuidado de mi hermano.

Con los años resultaría un hijo más, que Concha dejó al cuidado de sus familiares. Nunca supimos, pero fue bien recibido por sus hermanos al descubrirse de su existencia. Qué paciencia la de mi hermano que sólo se encogía de hombros y apechugaba los sentimientos. Nunca lo escuché cuestionar nada.

Con el tiempo supimos que Concha padecía de un déficit mental sin remedio; la gente nos decía que le faltaba una tuerca, quién sabe. Concha fue una mujer que realmente entendió el significado de la felicidad, ignorando los rumores de la jodida gente que sólo se la pasa hablando de los demás. Sus ausencias más bien parecen los reflejos de su valentía por no vivir como la gente común, aquella que vive entre los afanes de la vida diaria sin disfrutar de lo más mínimo que el Creador les ha dado: la libertad.

Ella no tenía apego a las vanidades del mundo terrenal, de las propiedades, de las riquezas. Loca o no, fue mejor que muchas mujeres. Nunca olvidaba a nadie, ni un rostro ni un nombre, y al ver a quienes no veía en algún tiempo, se lanzaba sobre ellos con un natural y fuerte abrazo.

Del otro lado del río

Mi padre había decidido visitar a su primo Jesús, que vivía detrás del Cerro de las Antenas, en el rancho El Jabalí, así que tan solo despuntar el alba, un domingo me pidió que ensillara los caballos, por lo que me dispuse a limpiar rápidamente los ajuares, sacudí las gastadas caronas y dispuse las respectivas alforjas en la parte trasera de las sillas de montar. Ambas sillas del tipo charro, con los estribos metálicos, sin más adornos que unos cuantos chapetones y sus respectivos cinchos de cuero con adornos en hilos de algodón, rojos y blancos, manchados por el sudor de los equinos.

Revisé que los látigos o correas para amarrar las sillas estuvieran en condiciones adecuadas, no queríamos una caída por la ruptura de alguno de ellos. Por su parte, mi padre preparó algunas viandas, comeríamos algo en el camino. No se olvidó de llenar el bule con agua y taparlo con un olote, bendito líquido.

Ensillados los pencos, nos trepamos y emprendimos el camino hacia el vecino Poblado de las Cebollas. El sol ya se asomaba por encima del Cerro Papantón, a paso lento, y nosotros, montados uno en el Panocho y el otro en el Talismán, cruzamos el puente.

Al llegar al otro lado, empapados por la brisa que se levantaba de la vertiente bajo el puente, sacudimos nuestros sombreros y proseguimos el camino. Decidimos pasar por la calle principal frente al templo guadalupano. Las campanadas del recinto llamaban a los feligreses a una de las matutinas misas dominicales, así que hicimos el trayecto por el lado derecho de la calle, cerca de la tienda de abarrotes del Juez Lomelí, situado en la esquina, frente al templo mariano.

Entre la concurrida multitud de fieles, pude distinguir a cuatro mujeres que llamaron mi atención. Se distinguían de las demás por su claro tono de piel —güeras, podría decirse. A saber de ellas, Luisa, la mayor en edad, había llegado a este pueblo y se había casado, haciéndose cargo de sus hermanas menores, ya que su madre era viuda y la familia grande. Apresuradamente se dirigían al recinto eclesiástico, como todos los demás, para el servicio matutino.

Pude notar que muchos hacían sobre su cuerpo la señal de la cruz. Ahí caí en cuenta que era una cruz invertida.

Entre la gente, otro grupo de jóvenes varones bromeaban con uno que vestía uniforme militar, portaba en el pecho y brazos las insignias de la Fuerza Aérea Mexicana y el símbolo del Colegio del Aire, así como el de la Escuela de Aviación: dos águilas doradas con alas extendidas, una frente a la otra, uniendo sus garras con un triángulo central; uno de los vértices hacia abajo, y unido a lo que parecía ser una pista de aterrizaje con los imponentes volcanes Popo e Izta al fondo.

Uno de los muchachos acertó a decir, refiriéndose a las jóvenes:

—Farol, ahí viene la que te roba los suspiros.

Las risas se hicieron presentes mientras caminaban hacia el templo.

Con el paso de los años, mi primogénito contraería nupcias con la hija mayor de aquel cadete. El destino siempre tiene sus planes y hace coincidir a quienes deben unirse en esta vida.

Don Boni y este jinete saludamos a cuanto conocido nos salía al encuentro. Muy pocos, a decir verdad, mayormente miembros del ejido al que pertenecía nuestra parcela de siembra. Con el debido respeto, nos tocábamos el sombrero e inclinábamos la cabeza.

La parte administrativa de la agrupación ejidal se encuentra en este poblado hasta el día de hoy. Toda nuestra vida estaba en la colonia obrera y sus potreros. Sólo de vez en cuando asistíamos a las reuniones del ejido para enterarnos de los reglamentos y pormenores a los que estábamos sujetos.

Hicimos un alto en la esquina suroeste de la plaza principal y mi padre desmontó para hacer unas compras. Él en la licorería Los Tavares obtendría algún enervante líquido mientras a mí me pidió que regresará a la tienda del Sr. Rafa Lomelí por algunos comestibles. Pagó por una botella del brandi Viejo Vergel que tanto le gustaba al tío Jesús y cuyo contenido beberíamos en el requerido brindis por el placer de vernos, que no era muy seguido debido a la distancia que nos separa del rancho.

La siguiente escala sería en la ex hacienda para de ahí enfilarnos hasta el platanar y luego hasta el mencionado rancho. Más que rancho era un conjunto de viviendas y sembradíos al margen del arroyo de Chila.

El camino, como siempre, transcurrió sin contratiempos ni sorpresas, y para las dos de la tarde estábamos pegados al fogón preparando los alimentos junto con el tío.

Los primos Santos y José nos hacían compañía; Chava, Diego y Federico no se encontraban en ese momento; las primas Luz y María se afanaban con los quehaceres de la casa. Así como ellas, mis hermanas Mercedes y Sara se obsesionaban con el orden y la limpieza.

La primera de mis hermanas se casó y el destino los llevó a Tj, dónde vivió hasta el día de su muerte; tuvo cuatro hijos. Sara, por su parte, contrajo matrimonio con uno de los Mena y sólo tuvo un hijo. Emigró al gabacho, donde vive hasta ahora.

Sólo puedo contar parte de la vida de mis congéneres.

Mi fruta preferida

Si el mismo atrio de la Mater Admirabilis pudiera hablar, contaría un sinfín de historias, cual más interesantes, tristes, alegres, chuscas, pícaras... Fue ahí mismo, vaya coincidencia o destino —como el de mis padres—, donde la vi esa primera vez.

Sus grandes ojos color café sostenían una mirada firme, su cabello largo hasta la cintura bordeaba el contorno de su gran cadera, acentuada por una delicada y fina cintura sostenida por un par de hermosas piernas, firmes hasta las rodillas —imaginé, claro. La falda entallaba su figura, sólo dejaba verle por las pantorrillas. Sus carnosos labios dibujaban una impresionante sonrisa que me invitaba a besarla sin parar: me confieso pecador desde ese día. Su piel morena era de un brillo igual a la luz del sol que en ese momento se encontraba en su cénit. ¿Qué decir de sus pechos? Quiero decir de su pecho, en el que colgaba un crucifijo sin el debido Cristo.

¿Cuánto hubiera dado por besar esa cruz e implorar su protección? Pero el decoro iba de la mano con en el lugar dónde nos encontrábamos hasta ese momento.

Transcurridos los cuarenta litúrgicos minutos, aunque a mí me parecieron el triple, una vez que se escuchó el inicio del "Gloria in Excelsis Deo", salí disparado de mi asiento. ¡Qué irrespetuoso fui por no esperar el final de la melodía adaptada a la litúrgica por el veneciano compositor de las cuatro estaciones!

Ahora lo entiendo, caminé prontamente a la entrada, más bien corrí —no era la primera vez, aunque ahora por un motivo claro— tratando de adivinar por cuál de las tres puertas saldría aquella impresionante mujer —a mí, así me lo parecía, ninguna de las imágenes de vírgenes, contenidas en los nichos eclesiásticos se comparaban con su belleza.

Fue entonces que tropecé con una de las tinajas de agua bendita más sucia que bendita, pues cualquiera metía las manos en ella y se imponía el agua sobre la frente, haciendo la señal de la cruz.

Sin querer, con aquel tropezón, fui a parar a los pies de aquella belleza. No tardé ni un segundo en levantarme con

110

el orgullo herido por la vergüenza: más de medio centenar de personas vieron el bulto tendido. Más de veinte fulanos y fulanas dejaron escapar una risotada que hizo alarde del caído en conjunto con el eco al interior del recinto. Sin importar lo sucedido, quien esto narra pudo llegar justamente a ella, y sólo acerté a decir "lo siento".

Entre risas y saludos, los feligreses regresaron a lo suyo. La oportunidad me cayó del cielo y sin más opté por pedirle a la diosa —eso era, pues me llevó al mismísimo cielo, aunque no apresuraré mi relato— que me permitiera acompañarla a la salida.

Solicitud aceptada, tal vez por caridad o por diversión, nunca lo supe.

Fuera, en el atrio, la conversación fue trivial como corresponde al primer acercamiento entre dos adolescentes, un ir y venir de preguntas y respuestas, gustos afines, disgustos, pasatiempos — ¿acaso los tenía? —, en fin, ahí estaba y no desaprovecharía la oportunidad.

Le invité un clásico dulce de azúcar, de esos de colores llamativos que se fabrican en una tina fija con un orificio del que sobresale un recipiente giratorio en el que se deposita el ingrediente principal sometido al calor extremo y atrapándolo en un burdo palillo de escasos cincuenta centímetros de longitud, ¡qué delicia!

Delicia fue hablar con ella hasta entrada la tarde, hasta que mi morena tuvo que despedirse, sus padres la reclamaban. *Pero seré paciente, tal vez pueda esperar hasta el siguiente domingo para verla de nuevo, o podría, con algún pretexto, ir a buscarla durante la semana.* Lo más difícil ya estaba hecho.

El ocaso estaba por llegar, así que opté por caminar rápido hacia el carril con el sol de frente. No tuve más remedio que bajar la mirada, y no por vergüenza, sino porque lo único que igualaba el brillo de aquella primorosa mujer era precisamente el sol que tenia de frente.

Al llegar a casa, ni tardos ni perezosos, mis hermanos me interrogaron para saber cada detalle de nuestra conversación, pero, cual muda piedra, ni una palabra pudieron sacarme. Mi pensamiento estaba aún embelesado por aquella mujer que emanaba belleza desde los pies y hasta la coronilla.

¡Qué carajos! Hasta apodo le pusieron los condenados, haciendo alusión a su bronceada piel, oscura, "oscurísima", diría uno de ellos. "La Aguacata", pero jíjos de la tiznada, ¡como si sus viejas fueran perfectas.

Yo estaba en otro mundo sin importarme sus vaciladas. Mi corazón había quedado cautivo por esa mujer.

Esa noche en el polvoriento cuartucho de los ajuares, mi mano derecha pagaría las consecuencias. Entre suspiro y suspiro por aquella hija se Zeus, enviada desde el Olimpo con la hoguera que formaba mi entrepierna, me desahogué. ¿Cuánto hubiera dado por quedar con ella hasta el final de mis días? No puedo saberlo. La vida sigue su curso natural y nunca, pero nunca hay que presionarla.

Bendita es siempre.

Ella, "Mi Aguacata", merece más que unas líneas en este simple manuscrito y no me avergüenza decirlo, ella fue por mucho tiempo mi gran amor, mi fruta preferida.

Sin duda alguna, gustosa se entregaba en mis brazos, nos sumergíamos en la laguna del amor, empapándonos, embriagándonos y llenándonos de besos que recorrían cada una de nuestras partes y hasta lo lugares más escondidos de nuestros mortales cuerpos. El destino nos tenía preparadas sorpresas; así como nos unió, también hizo el trabajo de separarnos. En el pueblo chico, infierno grande, las noticias de compromiso nupcial de este muchacho llegaron a oídos de mi diosa. Con el conocimiento de ese compromiso y con el corazón hecho pedazos, Mi Aguacata se fue lejos, aunque dudo que me haya olvidado.

Más pronto que tarde supe de su residencia en el país vecino, el del norte. Nunca, nunca, volví a verla.

Mis impulsos me animaban a ir a buscarla, pero la prudencia siempre dicta caminos diferentes. ¿Dicta? Ordena, diría yo. Y no sólo la prudencia, sino la recta y justa senda del destino. El maldito destino.

Nunca entendí ni aprendí de las torpezas cometidas por quien esto narra y permití que el desorden se apropiara de mi vida hasta quedar destruida por los fantasmas del pasado. Pero de qué pasado hablo si desde mis doce años lo único que había hecho era trabajar en la labor, en la albañileada, en las ladrilleras. Los cuatro años que compartí con ella fueron por mucho los mejores que tuve con todos los amores de mi pasajera juventud.

Desde ese momento caí preso del alcohol, y continuamente la embriaguez formaba parte de mis desahogos. Tomaba el caballo que había comprado y pasaba algunas noches bebiendo solo o acompañado con alguno de los amigos. Surtíamos el alcohol en la tienda de abarrotes La Copala y nos dirigíamos hacia las rocas del cerrito.

Así que todas mis desgracias, mis derrotas en la vida, o los problemas que tuve son el resultado de mis malas decisiones. ¿Somos nosotros mismos quienes guiamos nuestras vidas o el Ser Supremo? El tiempo me daría la respuesta. En muchos casos aplica lo que dijera don Chimely: "El hombre es el arquitecto de su propio destino".

LOS MELONES

Años después, muchos años después de la ruptura con Mi Aguacata y de mi desventura con el matrimonio, me propuse lograr el sueño americano, pero mis motivos fueron un tanto diferentes a los de muchos paisanos, pienso.

Así que, estimado lector, le narro aquí lo acontecido brevemente, y añado que no siendo este un tratado cronológico, me permito exponerlo en esta parte de mi narrativa.

Quise dejar atrás el "pueblo chico, infierno grande", decidí unir mi vida a quien de cariño llamamos Elvita, sin haber contraído las requeridas nupcias, pero pos ya pa qué si éramos bastante maduros y con hijos adultos en el caso de ella, y adolescentes en el mío. La presión social y religiosa se hizo sentir, principalmente los motivos religiosos, y sólo por no haber esperado a que ella se divorciase. Se había separado de su esposo hacía años. Sin embargo, como dije, la presión religiosa fue bastante fuerte. Así que juntos emprendimos ese camino hacia el gabacho.

Llegando al rancho de la Tía Juana, donde tengo parientes de parte de una de las hermanas de mi padre, hicimos todo lo necesario para cruzar pal otro lado. De alguna manera el destino, sí, ese maldito destino, nos presentó las oportunidades. No puedo entender cómo es que, en la entrevista con los gringos cuando tramitamos permisos de trabajo, logré acertar la respuesta.

El simpático güero me pregunta:

—Míster Garacia, usted viene a la pizca del melón, ¿cierto?

—Por supuesto, Míster —aunque para mis adentros temblaba de miedo.

—Y dígame, Míster Garacia…

—"Cía" al final lleva acento —corregí.

—Whatever —dijo el Míster—. ¿A qué altura del árbol se dan los melones?

La pregunta me sulfuró, pero logré mantener la calma.

—¿Cómo qué a qué altura, Míster? Si los melones se dan a ras de suelo y tiene que andar uno doblado para arrancarlos de la mata. ¡Ni que fueran papayas! —exclamé en silencio.

No preguntó más.

—Míster Garacía —acento corregido—, su permiso de trabajo ha sido aprobado.

En mi vida había pizcáo melones, no lo he hecho, ni pienso hacerlo. Esto fue sólo el pretexto para alejarme lo más que se pueda del terruño y reiniciar una vida diferente. ¡Qué engaño! Los fantasmas del pasado te siguen a donde vayas, no importa tiempo ni distancia.

Elvita y yo no duramos mucho tiempo juntos, sólo algunos años. El tiempo quiso — ¿o acaso no? — que no separásemos y siguiéramos caminos distintos.

Hoy entiendo que fue mejor así, como reza el dicho, "Mejor solos ...", y lo digo porque ninguno tuvo el valor de ceder mutuamente cuando las discusiones así lo requerían. En la distancia y a través del tiempo deseo que Elvita tenga una vida plena, siempre.

1973

Entre cal, arena y agua, ese primer lunes de febrero de 1973, todo transcurría como cualquier otro día. En el afán por terminar la jornada laboral, se aceleraban mis pensamientos al mil por hora, exagerado o no, así lo sentía.

Me encontraba en casa de don Pedro Pérez, un hombre de baja estatura, moreno y muy platicador que usaba unos lentes graduados de forma cuadrada, lentes de época. Me había contratado para hacer algunos trabajos de albañilería en la cocina de su domicilio. En ese mismo domicilio tenía su pequeña fábrica de tostadas, que contaba con los utensilios básicos para cocinarlas como tradicionalmente se hacía, hechas a base de tortilla de maíz nixtamalizado;

un negocio familiar en el que ayudaban sus hijos Angelina, Gustavo, Alfredo y algunos más.

El acceso a esa finca era por una de las calles paralelas al bloque de las cuadras hechas por la textilera —si me lo permiten, la lógica me dice que la calle bien pudo ser la 1400, pero ese es tema de otro cantar—, un patio amplio a la entrada, y a la derecha inmediata un tejaban de aproximadamente ocho metros de largo y tres de ancho, a base de ladrillo de adobe y techo de tejas. Justo ahí se encontraba la maquina tortilladora, tan ruidosa que le rechinaban hasta los tornillos que no tenía, aunque definitivamente funcionaba.

Las tortillas que se elaboraban en ella salían de un buen diámetro, algo así como trece o quince centímetros y de un espesor aceptable que evitaba que se rompieran fácilmente en el trasiego entre la venta y la mesa de quienes disfrutaban de ellas. Contiguo al tejaban y sólo separado por un muro igualmente de adobe, otro espacio de dos metros y medio de largo y los tres del ancho anterior, en el que se encontraba el caso para freír las tostadas a fuego lento. Según la experiencia de don Pedro, nada igualaba la textura de las tostadas.

El proceso para elaborar las tostadas era bastante sencillo, según pude observar: una vez hecha la tortilla la secaban al sol en unas mallas colocadas horizontalmente sobre una base y al final del día hacían el acopio; a la mañana siguiente, directo al caso con aceite hirviendo. Dichas tostadas las estilaban sobre el mismo caso con un colador de aproximadamente sesenta centímetros de diámetro, traído, según me contó don Pedro, del meritito mercado de San Juan de Dios.

Recuerdo también un pequeño árbol guayabo a la entrada que definitivamente ofrecía las mejoras guayabas probadas por este narrador. Algunas llegaban a medir hasta siete centímetros de diámetro —creo yo, ¡nunca las medí!

Ese día madrugué, si es que llegar a las ocho de la mañana es madrugar, porque luego los albañiles tenemos la fama de llegar a deshoras a la obra, además de irle a las Chivas Rayadas del Guadalajara.

No, no, y no, yo le voy al América, señores, aunque nunca había pateado un balón hasta ese entonces.

Don Pedro me ofreció un cafecito de olla recién hecho por su mujer, Doña Zenaida, amable y muy considerada con todos; estaban acostumbrados al trato con la gente por el negocio de las tostadas. Unas crujientes galletas de animalitos acompañaron el delicioso café servido en un jarrito de barro. Cada sorbo de ese café me supo exquisito. No traía ni un frijol en la panza, había salido de casa rápidamente, sin hacerle caso a mi madre por esperar lo que ella estaba cocinando.

—Chuy, ¿gustas unos nopalitos con frijoles? —me preguntó Zenaida.

—Gracias, Doña Zeno, pero con el café es suficiente. Voy a preparar la mezcla para hacer el enjarre —contesté.

—Bueno, si gustas —comentó Pedro— nomás nos dices.

—Gracias, don Pedro —respondí con agradecimiento—, deje le doy la recia para acabar pronto con el jale. El muro del patio es la tarea de hoy.

—Muy bien, muchacho —exclamó.

Y así, entre cucharazo y cucharazo, quien esto narra avanzó rápidamente con la encomienda.

Entrada la mañana, se escuchó la voz de una chamaca.

—Tía Zeno —con un grito a medias—, me envió mi mamá por unas tostadas.

Vaya sorpresa. El grito me desconcentró y mi primera reacción fue voltear hacía la puerta de acceso que a esas horas siempre estaba abierta. No había necesidad de tanta seguridad como ahora, además de que era la hora de la vendimia de las fabulosas tostadas.

Ella era de mediana estatura, cabello lacio entre castaño y medio pelirrojo, hasta la cintura, delgada, y pecosa. Traía una chamarra de mezclilla estilo vaquero. En la prenda, a la altura del pecho, una bolsa a cada lado, y en una de ellas el sello de la textilera. El pantalón, igualmente de mez-clilla, tenía las bastillas dobladas hacia afuera, tal pareciera que andaba a la moda. Lo realmente sorprendente fue que llegó en una motocicleta cuyo sonido este albañilazo había pasado por alto, pues, entre cucharazo y cucharazo, estaba afanado en la obra.

Fue don Pedro quien la atendió. Cruzamos una mirada y ni tardo ni perezoso exclamé:

—¡Presente, don Pedro!

—Mira, Chuy, ella es sobrina de Zenaida, es hija de su prima Lupe y de Félix, el de las bandas de guerra que tocan en los desfiles.

—Mucho gusto, soy Jesús. ¿Cuál es tu nombre?

—Maya —respondió ella.

No extendí mi mano para saludarla, pues los nervios no me permitieron soltar la cuchara. Sí, fue eso, porque vergüenza de mi oficio no sentí, por el contrario, estaba orgulloso de mi trabajo.

Mientras don Pedro preparaba las tostadas que aquella delgada mujer se llevaría, las mariposas revolotearon en el estómago de este hambriento albañil. Fueron unos instantes que parecieron horas; sin duda ya la había visto por el pueblo, mas nunca me llamó la atención hasta ese momento en que la tuve frente a frente.

¿El destino? Sí, quizá fue el maldito destino.

—Bueno, tío, lo dejo, que me esperan con las tostadas. Me despide de la tía Zeno—. Me dirigió una mirada y se despidió—: ¡Hasta pronto, Jesús!

Y yo, tarado, sólo acerté a decir:

—¡Que te vaya bien! —¿No que muy bravo para las féminas?

No dejé de pensar en ella durante toda la mañana y parte de la tarde. Tanto así que tuve que volver a enjarrar dos veces una de las áreas en proceso por la falta de concentración al arrojar la mezcla hacía el muro. Debía hacerse con fuerza, pero con estilo, así como evadiendo un golpe a la pared cuando la cuchara estaba cerca de la formación de ladrillos.

Desde ese momento, cada vez que escuchaba el peculiar sonido de un motor 150cc con un solo pistón enfriado por el aire, mi corazón bombeaba sangre a un ritmo mayor al normal, si puedo así describirlo. No esperaría a la serenata dominical para buscarla, sin duda sería fácil encontrarla en un pueblo de tan solo unas cuantas calles, además, cuantos "Félix, el de las bandas de guerra" podía haber.

Esa tarde, antes de irme a casa, sin pena me dirigí a mi empleador:

—Don Pedro, ¿dónde vive la sobrina?

Con una pícara sonrisa me respondió:

—Por la calle 900, ahí preguntas. Si no das con el domicilio, vienes y ¡te llevo de la manita!

El comentario me pareció sarcástico.

—Gracias, Míster Peter, lo veo mañana. Faltó algo de cal, para que por favor encargue unos cuatro bultos. Considero que con eso tengo para terminar.

A los correctos cálculos de cal tuve que sumarles medio metro de arena amarillan característica en la albañilería del occidente del país: la irregular pared de adobe estaba erosionada por el tiempo.

La semana transcurrió sin contratiempos, logré terminar el trabajo el miércoles, y para el viernes ya estaba listo y con el fajo de billetes en mi bolsillo, el justo pago de mi salario de esa semana.

Esa tarde me esperaba una gran aventura, eso consideraba yo, una aventura más en mi vida, una que cambiaría mi destino.

PIEDRA Y LODO

Y ahí estaba yo, dándole los retoques a mi peinado con el peine negro —válgase la redundancia— sin maneral que había comprado el día anterior en el mercadito de San Juan de Dios. Llegamos ahí después de haber acompañado a mi padre a visitar a la tía Esperanza, su hermana, que se había avecindado en la Perla de Occidente luego de matrimoniarse.

Regresamos al pueblo a la mañana siguiente. Mientras emprendíamos el regreso a la antigua central camionera, decidimos pasar por tan colorido mercado para comprar algunas cosas, enseres para la cocina y herramientas para la siembra.

Salí del corral de la casa por el conocido carril en dirección hacia la plaza principal, pasé la calle Jalisco, continúe por la calle Gómez Farias y en la I. Allende tomé hacia los baños de don Pancho. Ya en la calle Muralla giré a la derecha y nada más al llegar a las cuadras inició la travesía de saludos al por mayor. (Pido disculpas a cada uno de los mencionados por apodo, pero en la costumbre, pueblerinamente hablando, así los llamaban.)

Sentado bajo un árbol tule muy frondoso que invadía parte de la calle con sus raíces estaban don Manuel López "don Melitos" y su hijo Rafael, quienes tenían su labor de siembra junto a la nuestra, a las faldas del Cerro el Colorado. A dos casas, justo en el mismo bloque de la antigua muralla, estaban sentados don José Cabrera y su esposa María del Rosario, a quien conocíamos como doña Chayo.

Decidí tomar la calle 1100 y justo al voltear hacia la derecha en esa calle tuve un mal presentimiento, al tiempo sabría por qué. Decidí bajar hacía la noria que se encontraba a media calle Real. Como era la costumbre, casi oscureciendo, ya pasadas las siete de la tarde, algunos de los vecinos en esa calle se encontraban sentados a las puertas de sus casas. La tarracuatera gritando, brincando, gozando de la tarde y del empedrado de la calle; más de algún chamaco llorando por haber sufrido raspones en las rodillas al caer, y no era para menos, las afiladas piedras de castilla colocadas en cuña dificultaban la caminata.

En la segunda casa a la derecha estaban el señor Pancho Velázquez y su esposa, justo frente a ellos don Raúl Cabrera y su esposa Refugio Vázquez, quien en ese momento le ayudaba a su esposo a limpiar una carabina del tipo mosquetón. Un poco más abajo estaban don Cruz Franco y doña Trina, su esposa, y en la casa frente a ellos una misteriosa mujer a la que llamaban "Gualia", sería su apodo o su nombre, nunca lo supe.

En el 1118 de esa calle estaba sentada Doña Refugio Prado, o "Cuquita", como le decían sus vecinos. Sentado también a la puerta de su casa estaba Alfredo, al que llamaban "El Pariente" y su mujer, doña Ángela; unos metros adelante se encontraba Samuel, al que apodaban "La Media", platicando con Guillermo "El Momio". Otros vecinos no se encontraban a las afueras de su domicilio, era la hora de algún programa televisivo, el cajón del Diablo los mantenía ocupados.

Tomé dirección nuevamente hacia la textilería, crucé la calle y me enfilé hacía mi destino. Justo en la esquina de la calle 1000 saludé a don Eulalio que platicaba con Cataguïlas, otro de los vecinos del barrio chino.

Al llegar a la esquina de la calle 900, luego de acicalarme los cabellos, me levanté los pantalones por la cintura, ya los llevaba al estilo Cantinflas y mis amigos así me apodaban los muy ca...pricornios. Alcancé a escuchar el sonido de instrumentos musicales que a mi parecer estaban afinando. En el aire se escuchaba la voz del cantante como calentando la garganta con una melodía grupera a ritmo de la cumbia. "Ya tengo tantos deseos de conocer a la mujer que será dueña de mi alma y dueña de mi querer", muy de moda en ese momento y del mismo compositor de "Mi Matamoros Querido".

Di la vuelta a la derecha y pasando la casa de doña María "La Rielera", al llegar a la puerta de la casa de los Pacheco, aminoré el paso. El corazón me brincoteaba en el pecho. Miedo, emoción, quién sabe, las emociones a flor de piel. Me percaté entonces de que el ruido que escuchaba venía precisamente del domicilio al que me dirigía. Un árbol bolitario como el nuestro adornaba el frente de la casa, ¡coincidencias!

Se desató una batalla en mi mente y a punto estuve de abandonar el objetivo, cuando me quedé nuevamente petrificado. Por entre el dintel y el umbral de la puerta, apareció aquella figura femenina que me desconcertó al momento: el cabello largo se había convertido en una brillante cabeza rapada. Lo supe porque sólo al bajar del escalón de la puerta, nada más saliendo de la casa, se quitó lo que parecía un turbante —realmente era una pañoleta— dejando ver el cuero cabelludo sin cabello. ¡Vaya sorpresa!

Y sí, ese fugaz momento quedó para la posteridad.

Desde adentro le gritaron:

—Ey, pelona, ¿lista para darle de baquetazos a los tambores?

Giró hacia su derecha sin percatarse de mi presencia. La pésima iluminación de las calles hacía difícil distinguir silueta alguna, la tenue luz de los focos incandescentes sólo iluminaban el área dónde se encontraban instalados.

Tan pronto entró se escuchó el golpeteo de las baquetas con el "dos, tres cuatro", y el redoble de los tambores fue rematado con un platillazo. Los contratiempos sonaron, el bombo marcó el inicio de cada compás, cuerdas y órgano melódico sonaron en concordancia introduciendo a los demás músicos en cada compás de la melodía. La trompeta resonó con fuerza y el ánimo del cantante con los gritos clásicos del estilo musical incitaron al goce y al bailongo.

Tan jóvenes como tan expertos, ejecutaban cada nota musical con excelente calidad. ¡Me emocioné!

La melodía sonó y sonó por largos cuatro minutos. El pegajoso ritmo latino del compás me hizo mover el pie derecho y me di cuenta que nunca había bailado.

Al tiempo supe que el grupo se hacía llamar "Piedra y Lodo" y tocaba generalmente los domingos por la tarde en las instalaciones de la terraza de fiestas que se encontraba a la entrada al puente que conecta con el otro poblado, donde en la ribera del río se encontraban varios salones-terraza en los que el guateque de cada fin de semana atraía gente de diversos lugares de la región. El precio de la tocada era justo, pero debía incluir la comida para toda la organización musical incluyendo los ayudantes de ocasión, ¡ah!, y si la comida era pozole, el anfitrión se hacía acreedor a un descuento.

Crucé la calle para no ser visto y me paré frente a la casa de don José "El Parna", pie al muro para descansar el cuerpo recargado sobre la barda de adobe de la finca. En la casa de al lado, sobre un banco de piedra, estaban sentados los progenitores de los Gutiérrez Castellanos.

Para mi sorpresa, el baterista, o mejor dicho, la baterista, era ella, la Pelona; su hermano Gustavo "El Gustafá" estaba al bajo eléctrico; el cantante era Jaime "El Títere"; en el órgano melódico Lalo "El Zoca"; en la trompeta Félix "El Buchaca"; y la inconfundible guitarra de Marcos Reyes del pueblo vecino.

Una vez terminada la melodía y el ensayo, entre la algarabía y las risas me acerqué a la puerta. Nada más al verme, aquella ingrata salió a mi encuentro. La chamarra de mezclilla había sido cambiada por una camisa confeccionada en algodón, rojinegra a rayas verticales con la insignia del equipo Atlante, fundado por vecinos de la colonia obrera allá por el año de 1943 y homónimo al de la capirucha, la camisa que portaba ella con un pronunciado cuello en "V" cuya talla hacía que resaltara su delgada figura.

En una de las recamaras cuya ventana estaba situada hacia la calle y contigua a la sala principal, estaban sus padres y sus hermanos menores, Felix "el Lilitos", Arturo "el Tocorita", dos mujercitas, una adolescente y una joven, frente al enorme televisor a blanco y negro. Dos niños más pequeños jugaban entre ellos.

Se escucharon unos tamborazos que nos hicieron voltear rápidamente. Los nervios me mantenían alerta, las percusiones habían sido ejecutadas con maestría por uno de sus hermanos, al que llamó por su nombre, Calixto.

—El ensayo ha terminado, mañana practicas.

El jovenzuelo a regañadientes dejó las baquetas en la bolsa destinada para ello.

Don Lili hizo se hizo presente, llevaba puesta una camiseta de algodón a cuello redondo que me llamó la atención, en ella se veía también el símbolo de la textilería.

Los integrantes del grupo se despidieron señalando el domingo siguiente como compromiso para la tocada. Alcancé a escuchar que el Títere lo llamó "papá", aunque no lo era. Con el tiempo supe por qué.

Maya y este nervioso narrador nos dirigimos hacia la plaza situada entre las cuadras y el centenario club de futbol Río Grande. En la caminata saludamos al Sr. Luévanos y a su esposa doña Chuy. El señor Garrido, parado a la puerta de su casa, acicalaba a uno de sus gallos mientras platicaba con don Ángel, el papá de El Buchaca, el trompetista. En la casa frente a ellos, doña Chepa, quien tejía con mucha dedicación mientras el señor Lupe Copado, su esposo, escuchaba en la radio los comentarios de un juego de fut del equipo de sus amores, en el que había pateado el balón en el máximo circuito futbolístico nacional.

Seguimos nuestra caminata hasta la plaza frente a la clínica del IMSS y nos detuvimos en el kiosco central para luego sentarnos en una de las bancas frente a una de las cuatro fuentes del cuadrilátero que forma la plazoleta. Ahí, a la luz de la luna, platicamos hasta entrada la noche.

NOVIAZGO

El aroma de las Cestrum Nocturnum fue nuestro compañero, haciendo la velada propicia. Las nubes entrelazadas con la luna opacaban la luz del astro nocturno. A lo lejos se escuchaba el sonido de la caída de agua del Niágara Mexicano.

Uno que otro transeúnte nos miraba con recelo; nosotros nos sentíamos seguros uno con el otro, protegidos por las ocho musas que hacían guardia, una en cada columna del kiosco central. ¿Qué musas? Eran unas esculturas de cuerpo completo que representaban a unas mujeres indígenas.

Al intercambio de miradas lo acompañó un suspiro que terminó en un largo beso. El guiño de las estrellas mostró su aprobación.

Unidos nuestros labios estaban cuando de repente y sin mediar aviso alguno, Bertha y Elizabeth, sus dos hermanas menores, hicieron acto de presencia con la autoridad de su padre.

—Que ya te vayas a casa —dijo la menor.

Sin pensarlo se levantó, me tomó de la mano y caminamos en dirección del bloque de calles de la colonia obrera.

Las dos nos siguieron de cerca entre risa y risa, seguramente nos habían observado mientras estábamos en la banca siendo acariciados por algún rayito de luna.

Desde ese día, no falté ninguna de las noches siguientes a la empedrada calle 900, exceptuando los domingos de tocada.

Los acontecimientos se precipitaron. Uno tras otro, se fueron presentando los sucesos que nos llevarían hasta el altar.

Una de esas noches noté que doña Lupe, su madre, colocaba un retrato sobre una de las paredes, era la imagen de un joven con el partido del cabello hacia un lado, algo abundante y con un gran parecido a don Lili. Sin prudencia de mi parte pregunté quién era. Con una expresión de tristeza, la señora me dio la respuesta.

—Es mi hijo mayor. Falleció hace nueve años —añadió—. Tuvo un accidente trabajando, se cayó de una camioneta, para mala suerte, de espalda, y se golpeó la cabeza.

No salía de mi asombro, era aquel joven del que el conocido de mi hermano Isaac nos había hablado cuando le compramos el ladrillo para la finca de don Ole. Sólo pude expresar mis condolencias por el suceso, no tenía más palabras.

Con el paso del tiempo les conté lo sucedido en aquella compra de ladrillo.

NUPCIAS

L a chica de la motocicleta y yo habíamos tomado la decisión de unir nuestras vidas en matrimonio, así que cada cual dio aviso a sus padres. El mío, con un gesto de desaprobación y algo molesto, quién sabe por qué, no estuvo de acuerdo. La terquedad de este narrador era obvia.

Tan solo 404 días desde el momento en que nos conocimos fueron necesarios para que ambos estuviésemos caminando por el pasillo central del edificio religioso más visible en el poblado, ella con el notorio y tradicional vestido blanco, y yo con un traje gris. La Mater Admirabilis era, una vez más, el escenario de un episodio de mi vida, quizá el más importante hasta ese momento.

Esta vez el órgano melódico sonaba con la "Marcha nupcial" de 1842, creada por un judío-alemán para otro fin y no para bodas, pero como siempre, el destino tiene otros planes, sí, ese maldito destino.

Mi amigo Chelino tuvo a bien acompañarme ese día, así como mis padres, hermanos, familiares y amigos. Por su parte, a la novia le acompañaba una gran comitiva, entre quienes destacaban sus familiares, mayormente aquellos de apellido vasco, el de su padre.

Tuvo a bien contarme sobre su ascendencia tanto española como mexicana, ¿y quién no tiene ascendencia española? Si los mexicanos no somos una raza, sino una nacionalidad. Estúpidos aquellos que se afanan por mostrar que son mexica-descendientes teniendo apellidos europeos.

¿Coincidencias del destino? El apellido de nuestra familia es también de origen vasco, de origen patronímico y muy común en nuestro país. La heráldica más común muestra un ave de cuello largo dentro de un escudo y coronado por la clásica armadura hispana de los primeros siglos después de Cristo. Algunos otros muestran un oso. Como lo dije, el origen del apellido da cabida a numerosas variantes.

Acompaña a la heráldica una frase que me gusta mucho: "Nadie por encima de ...", en los puntos suspensivos nuestro apellido. Aunque nadie debe estar por encima de nadie, las clases sociales existen y los niveles socio-económicos resaltan. Las variantes del apellido son tan bastas como las familias que lo portan. Así que continuaré con mi relato sin dar mayor importancia a este asunto.

Para finales de ese mismo año nació nuestro primer hijo, y el único de nuestro matrimonio.

TELARES

Contraídas las debidas nupcias, mi suegro me planteó la posibilidad de ingresar a trabajar a la textilería. Habían pasado unos días solamente desde la caminata por la alfombra roja situada, para esa ocasión, en el pasillo central de la Mater Admirabilis.

Sin mucho pensarlo, accedí.

Al día siguiente estábamos mi suegro y este narrador saludando al soldado romano frente a las oficinas administrativas, entregando los solicitados documentos para el archivo. Minutos más tarde cruzamos el arco de acceso al recinto fabril, checando la tarjeta perforada y colocándola en la mampara que se encontraba colgada sobre el muro de la vigilancia. La salutación de buenos días a los guardias era obligada.

Justo frente al edificio de la torre con los relojes franceses, habían aprovechado los desniveles del terreno para levantar otra majestuosa obra, con el acceso central, y a cada lado doce ventanales. Imagino que simbolizan cada una de las horas que dividen el día, ¡no lo sé!

Bordeamos la preciosa fuente y de frente al edificio, a mi lado derecho, se alzó majestuosamente la chimenea, la que todo mundo conocía como "el chacuaco", de forma cilíndrica con la parte más estrecha en la cúspide, hecho de ladrillo, traído desde la victoriana Inglaterra. Caminamos presurosos hasta la rampa de acceso al edificio, de ahí nos dirigimos hacia el área de PT, cruzando uno de los largos pasillo entre los telares.

Muchas caras conocidas nos sonreían y levantaban la mano en señal de saludo, algunos hacían señas que este ignorante y primerizo textilero no entendía. Don Lili, por su parte, correspondía a muchas de ellas.

—Si hubieras querido aprender lenguaje de señas malhablado, éste sería el lugar correcto.

Las prisas por llegar al área de trabajo aceleraban nuestro paso. Las lanzaderas de los telares con sus rítmicos movimientos, al unísono, parecían entonar una melodía.

El primer puesto que tuve fue de ayudante en el área de las borras. En ese departamento trabajaba don Lili, junto con muchos más entre los que se encontraba don Manuel Arias, con quien mi suegro tenía una buena amistad, como con la mayoría del barrio chino. Ahí estaba yo, entre hilanderos, tejedores, machuconeros, rolleros, borreros, barrenderos y comuneros, todos afanados en las labores de sus puestos de trabajo.

A las diez de la mañana sonó el primer silbato, el del almuerzo, así que muchos de los ahí congregados literalmente abandonamos nuestros puestos de trabajo. Yo sin comida para el desayuno, despreocupado, caminé junto con mi compadre Vásquez; me había encontrado con él a la salida del telar. Cruzamos una cuántas palabras mientras nos dirigimos al comedor frente a la vigilancia.

Ya se encontraban ahí las canastas, bolsas y otros enseres con la comida que las esposas, madres o hermanas o hijos de los obreros de la textilería colocaban sobre la barra de la entrada, dejándolos a su suerte. Cada trabajador conocía el propio, lo tomaba y aseguraba su asiento junto a sus compañeros de departamento, vecinos o amigos.

Propiamente, este narrador caminó hasta la cocina, y solicité un desayuno a cargo de los vales de servicio de la empresa. La primera jornada de trabajo apenas iniciaba.

La media hora del desayuno transcurrió entre sorbos de café, birotes, chilaquiles, frijoles y huevos, además del tema central en las conversaciones, el desfile del primero de mayo, el día del trabajo en el que irónicamente no se trabajaba.

En la mesa en la que este principiante textilero se encontraba, ya estábamos organizando el contingente que recorrería la avenida Juárez en el centro de la Perla de Occidente.

Yo ignoraba la trascendencia del mencionado desfile, ni siquiera imaginaba la magnitud de semejante festividad en la que estaba próximo a participar.

Las jornadas laborales siguieron su curso normal todo ese mes y el siguiente.

Rau-táu

La mañana del primero de mayo, muy temprano y antes de que el alba despuntara en el horizonte, los camiones alquilados por la administración de la Nacional Textil Manufacturera hacían fila en gran parte de la calle Real. Los obreros de la fábrica de hilos y tejidos buscaban su camión con el grupo al que estaban asignados para dicho desfile, y ahí estaba nuevamente, entre ellos, este obrero textil.

Maya, por su parte, también participaría en la caminata, pero ligada a la banda de guerra que encabezaba el contingente. Las palabras de don Peter resonaron fuertemente en mi cabeza: "Félix, el de las bandas de guerra".

Sin contratiempos llegamos al parque Agua Azul ubicado al final de la calzada González Gallo, y ahí los camiones se estacionaron, descendimos y caminamos juntos hasta los cruces de la calzada Independencia y calle Juárez. El bullicio de todos los contingentes y bandas de guerra ahí reunidos me tomó por sorpresa, me sentía como maratonista en olimpiadas. Los movimientos sindicales tomaron importancia desde principios del siglo pasado y ahí estaba el resultado: una fuerte y excelente organización obrera.

Tomamos nuestra posición entre todos los grupos de obreros y representantes de multitud de empresas, siempre encabezados por una banda de guerra, todos los obreros uniformados y las bandas con los clásicos adornos sobre hombros y boinas de corte militar. Una manta blanca que llevaba uno de los contingentes llamó mi atención, sostenida por dos astas de madera y portadas por un par de jovencitas, tenía la siguiente leyenda: <El alza constante a los precios en los alimentos nos obligan a ejercer medidas drásticas en contra de quienes desarrollan esta criminal medida>. En la parte inferior de la manta se podía leer, <Sección 1 S.T.I.T.C.S.C.R.M>.

Al lado de ese numeroso contingente desfilaban cuatro camiones trompo de los utilizados para transportar el mortero hasta las construcciones, al menos así lo percibí. No podía identificar quiénes pertenecían a qué contingente.

Era el año 74 y las crisis económicas propiciadas por el partido hegemónico no tenía contentos a los ciudadanos de a pie. Hacía poco de la matanza estudiantil, así como del halconazo, y cualquier fecha era oportuna para mostrar el reclamo de la clase obrera y la sociedad en general.

Nuestros uniformes estaban confeccionados a base de mezclilla color azul marino, pantalón acampanado al estilo de la década, camisa de manga corta y el simbólico nudo de la textilería en la parte izquierda del pecho, la del corazón.

Iniciamos el recorrido entre porra y porra. Alzando los estandartes, recibíamos los aplausos de la multitud congregada sobre las banquetas de la avenida a la sombra de los árboles. La gente reunida estaba comprendida por abuelos, padres, madres, hijos, hermanos de cuantos desfilábamos por la parte central de la avenida. Por suerte me tocó en la primera fila del contingente, justo por detrás de la escandalosa banda de guerra dirigida por aquel hombre, mi suegro, que había hecho su servicio militar y aprendido la embocadura necesaria para la trompeta en las filas castrenses.

Don Lili, con la mano derecha levantada, daba las indicaciones a cada paso, la banda de guerra a su cargo estaba perfectamente concentrada y adaptada a las circunstancias. Cada compás musical era perfecto. Los clarines y trompetas acentuaban la marcha militar elegida para sonorizar el desfile; el estruendo de los tambores hacía que muchos niños se taparan los oídos.

Con los giros de la muñeca derecha, el director de la banda, quien tenía bien agarrada la trompeta por la caña grande, hacía un repentino alto a los giros, quedando la boquilla y tudel hacia abajo y el pabellón hacia arriba. Esto le indicaba a la banda el marcado inicio de la melodía. Las chicas de los tambores en cada estacionario marcaban el paso, levantando el talón izquierdo; cada baquetazo ejecutado con fuerza resonaba en la longitud de la avenida.

Llegando al primer cuadro de la ciudad, en el cruce con la avenida 16 de septiembre, se intensificó todo: gente, ruido de bandas de guerra y consignas por parte del contingente obrero contra un gobierno corrupto. Era el inicio de una batalla campal ejercida por las bandas de guerra y había que defender la posición central. Era costumbre que las bandas se colocarán a los lados de la calle para darle paso al último contingente en llegar al referido cruce de las avenidas.

Tocaban al unísono "Asamblea" en una descomunal unidad, tratando de que el último de los contingentes perdiera el compás, pues eso era precisamente lo que las bandas de guerra que llegaban primero a la posición final del desfile querían hacer, que el último contingente quedara en ridículo habiendo perdido el compás. Era un tipo de prueba de unidad y experiencia.

Justamente ahí don Lili, con el porte de un cadete, gritó:

—¡Rau-táu! —esa palabra indicaba el compás que la banda debía sonorizar. Empuñada la trompeta, dobló su brazo derecho justo por detrás de su hombro, alzándola nuevamente y dándoles el inicio.

Hombre listo, había hecho una adaptación del paso redoblado armonizando las palabras "Rau-táu, rau-táu, rau-táu, rau-táu, quémenlo, quémenlo por hablador" y la había transmitido a su banda. Esta fantástica pieza musical compuesta por el español Narcizo, que se había unido al Ejército Trigarante volviéndose aliado de los independentistas, se ejecuta aún en nuestras fuerzas armadas, aun así, hay necios exigiendo que los hispanos pidan perdón a México, ¡qué estupidez!

Omitieron a propósito la introducción de la melodía a sabiendas de que el corte militar de esa diana era incomparable y perfecta para dicha ocasión; la derrota fue para las otras bandas y no para la de la Nacional Textil Manufacturera.

El contingente y yo avanzamos eliminando el sonido de las derrotadas bandas de guerra, entre las que se encontraban las de la Lotería Nacional, la Experiencia, la CROC y la no menos importante CTM. Nos esperaba el festejo, un gran festejo en las instalaciones de la fábrica de hilados y tejidos, pero la narrativa de esa ocasión la dejaré para otras líneas.

Las cuatro semanas del embarazo de aquella mujer con el uniforme de la banda no se notaban aún, lo que se notaba en su rostro era una gran alegría a sabiendas de lo que se gestaba en su vientre.

CÁNCER

La alegría de un nuevo nacimiento es en muchas ocasiones insuperable, pero los acontecimientos que marcan la vida de las personas tienen que ver con el inicio de la vida y el final de ella. Seis meses después de los hechos narrados párrafos atrás, mi padre presentó síntomas que no habíamos visto anteriormente: el hombre fuerte de la casa comenzaba a debilitarse sin que nos diéramos cuenta.

Cada día por la tarde, al llegar a casa después de las labores de siembra, y una vez que desensillaba a uno de los potros, colocaba la silla al suelo y debajo de ese fresno ubicado el centro del corral, se dejaba a descansar. Alguno de nosotros, mis hermanos y yo, hacíamos lo propio con los pencos, arrimándolos a la caballeriza y colocándoles agua para beber, un poco de paja, dándoles la libertad de pasearse en los escasos dieciséis metros cuadrados dónde pernoctaban. Uno de ellos con una estrella en la frente y el otro con una raya en la misma zona frontal, hermosos potros zainos.

Tendido en el polvoriento piso, don Boni nos contaba algunas historias revolucionarias. Algunas más emocionantes, algunas tristes. Las de mi General Villa eran sus preferidas.

Colgado en una rama del fresno, un viejo radio con una sola bocina y forrado en piel de vacuno, cuya antena apuntaba hacia el este, tocaba una melodía, "El desertor". La inconfundible voz del cantante, la del señor López Tarso, amenizaba el momento narrativo de mi progenitor. Vaya coincidencia con Juan Soldado y la historia que escuchábamos en ese momento.

Don Boni, pretendiendo disimular el dolor en el estómago para no preocupándonos por su estado de salud, soltaba una que otra carcajada para luego llevarse las manos al estómago, argumentando que, de tanta risa, hasta la panza le dolía.

Todo inició aquella tarde en la escasa hectárea y media al lado de la atarjea, cuando el sol se encontraba en su cenit. Mi hermano Pancho notó que nuestro progenitor se quejaba del dolor en la panza, atribuyéndole el síntoma a la ola de calor y la falta de agua. Así, con el pretexto de hidratarse, dejó en manos de mi hermano el arado y se dirigió al pozo a beber agua fresca, argumentando que le sería benéfica en ese momento. Las razones eran claras, él no quería que nadie viera su sufrimiento, así que haciéndose el fuerte caminó los poco más de cincuenta metros que separaban el pozo de las piletas de la atarjea.

No había nada que hacer, esa enfermedad que padeció rápidamente se extendió por los órganos cercanos. El concepto médico se lo dejo a los especialistas, pero su estómago, hígado y parte del intestino estaban bajo sus efectos.

Lo inevitable se presentó y la prematura muerte de don Boni nos dejó a los catorce hermanos sorprendidos, sobre todo a Lupita y Rafael, mis hermanos más pequeños. Trinidad con un sufrimiento más cargando en el corazón, no había tenido que llorar desde la muerte de doña Sarita, su abuela.

El cuerpo de don Boni descansa en la tumba familiar, en el camposanto cercano al partidero del carril.

Adiós Trinidad

Seis años después de la partida de don Boni, cuando mi madre estaba por morir, Boni, mi hermano, era el único que no estaba en el pueblo, y mi madre no quería dejar el plano terrenal sin verlo. Mi madre Trinidad en sus últimos días rogaba por ver a Boni, así que Pancho tomó la decisión de traerlo para que ella le diera su bendición y así se lo prometió a mi madre.

Las peripecias de Francisco fueron grandes, no contaba con dinero para el pasaje y, por lo enferma que ya mi madre se veía, su única alternativa fue solicitarle un préstamo a su tocayo don Pancho Vega, el del gas, para comprar el boleto para viajar en avión a buscar al hijo pródigo.

Con urgencia salió rumbo a Tijuas y nada más llegando fue directa a casa la tía Chagüita, buscando al

Boni que, como era de esperarse, no asentaba cabeza ni se encontraba ahí. Así que como investigador buscando el rastro de su hermano fue preguntando a cuanto conocido le salía al paso. Visitó tugurios de mala muerte, desde El Mariano hasta las playas de Tj en su búsqueda, cantinas, bares, calles y sitios de prostitución, comisaria, y lugares a cuál más peligrosos, pues un desconocido en una creciente ciudad como esa se exponía a robo, golpes y aun hasta la misma muerte.

—Andas bien perdido, amigo. Al Boni lo encuentras con seguridad en La Cagüila.

—¿La Cagüila? — preguntó Pancho.

—Sí, man, la calle donde están las cantinas, ahí se reúnen los polleros para hacer los tratos antes de cruzar a la pipol pal gabacho, carnal. Esos cabrones cierran los congales y hacen su pachanga privada. Ay pregunta y los encontrarás.

Con toda prisa y después de dos días buscando, logró dar con Boni, el cual se encontraba bastante ebrio y algo más, quién sabe.

Pancho hizo todo lo posible y logró que se pusiera un poco buenisano para decirle el motivo de su llegada. Enterado de la gravedad de la situación y del deseo de nuestra progenitora, accedió a venir a verle sin objeciones.

Pancho, con el dinero justo para comprar los boletos de regreso al rancho, no tuvo tiempo de pasar a despedirse de los familiares, así que nunca supo de lo acontecido hasta llegar a casa.

Se subieron a un taxi ahí en el centro de Tijuas y fueron directo a la central de autobuses. Viajarían en camión treinta y ocho horas, si todo salía bien —maldito destino.

Imagino ahora a mi hermano comiendo lo necesario, lo justo, o simplemente nada para no perder tiempo, subirse hambriento a un camión junto con su hermano. A pesar de todo el esfuerzo realizado, no lograron llegar a tiempo. Mi madre había muerto y había sido sepultada un día antes, ¡ni cómo avisarles! La única satisfacción de mi hermano fue haber cumplido con la promesa hecha a su madre.

Todo queda en conciencia propia, pero el dolor de no haber estado con ella al momento de su partida dejó una honda huella de tristeza en el corazón de Francisco. Quién sabe si en el de Boni fue el mismo caso.

Boni regresó a Tj y a los dos años regresó al pueblo a visitar a los hermanos que aún estaban ahí, prácticamente todos menos Ramón, el onceavo hijo de mis padres, quien se había aventurado hacia el gabacho poco después de la muerte de nuestra madre.

EL BILLETE

Yo no lograba superar el rompimiento con mi fruta preferida y los anhelos de estar con ella se hicieron insuperables, llevando mi relación matrimonial hacia un final apresurado. Más temprano que tarde, los fantasmas del pasado se hicieron presentes y me sorprendieron.

Hicimos varios intentos por reestablecer nuestra relación, hasta nos mudamos junto a Tj, pero ni eso fue suficiente. La suerte estaba echada y había que afrontar la realidad.

Ese viaje lo hicimos por tren y nos acompañaba mi hermano Chonito. Un viaje largo y cansado, pero lleno de ilusiones por el nuevo comienzo. Por el camino, entre cada parada del tren en las estaciones programadas, subían y bajaban una gran cantidad de comerciantes de todo tipo de comidas. Desde la estación de la Perla de Occidente, pasando por tierra nayarita, sinaloense, sonorense y hasta el desierto de Mexicali, la aventura fue épica.

En la estación Caborca, mientras el tren hacía una de las paradas obligadas por estación para subir y bajar pasajeros, Chonito vio atorado bajo uno de los durmientes un billete de cien pesos con su característico color morado. Los bigotes del señor Carranza se asomaban, parecía sonreír por el bien hecho a la nación constituyendo o mejor dicho reformando la Carta Magna en 1917. Qué mundo tan convulsionado, por esas fechas los mexicanos salían de una revolución y las Europas entraban en otra.

Mi hermano saltó prácticamente de su asiento en dirección a la salida del vagón y voló hasta la ubicación del papel moneda, alzándolo en señal de triunfo y besándolo como si fuera la dama que había dejado en la colonia obrera, aquella que fuera su amor de juventud.

Sí, dejamos tantas cosas atrás cuando nos vamos, cuando no sabemos si algún día regresaremos... En silencio observé a quienes me acompañaban en esta travesía, mis dos hijos, mi hermano y la baterista del grupo Piedra y Lodo.

Mi hermano abrazó a los chamacos, gustosos por el logro alcanzado y el billete encontrado; entre risa y alegría, le noté un semblante triste. Seguramente extrañaba el revitalizante líquido del ojito de agua administrado por don Lolo, el padre de su amada, o lo que extrañaba eran las sonrisas, los abrazos y los besos de aquella mujer. Pero el destino, el maldito destino, tiene otros planes.

—Aaaaamonooooos —se escuchó el grito del supervisor del tren, y el silbato de la locomotora no se hizo esperar, avisando de la salida a los pasajeros que se encontraban más alejados. Alguno que otro descuidado tuvo que subir cuando el tren ya estaba en movimiento.

El rechinido de las ruedas del vagón y la fricción con los rieles fue un segundo aviso. Con las prisas sólo alcanzamos a comprar unos duros de cochi pagados por el maltratado billete ferroviario.

Agradecidos por el refrigerio, nos dejamos llevar por el uniforme sonido del paso del tren sobre los rieles. Dormimos hasta tarde y despertamos justamente cuando el tren subía la sierra por los escarpados senderos de La Rumorosa.

El rancho de la tía Juana nos recibió con los brazos abiertos, y nosotros, gustosos de iniciar una vida distinta o reiniciar una nueva vida juntos, nos encaminamos hacia La Pancho Villa. Ahí, enclavada en el cañón Maclovio Herrera, se encontraba la finca en la que habitamos algunos meses, que no fueron suficientes para consolidar la familia que buscábamos construir.

Asunción trabajó al lado de Boni durante dos meses, entre aventuras y peligros por el tráfico de personas hacia el otro lado de la frontera, pero él no estaba hecho para eso, así que decidió separarse de nuestro hermano y cruzar la frontera.

Una vez del otro lado y contactando con Ramón, que se encontraba ya en la Ciudad de los Vientos, se trasladó allá para ya no regresar a tierras mexicanas.

Tiempo después, aquella mujer, la del apellido vasco, y este narrador, regresamos al occidente del país: no estábamos hechos para una vida en la frontera con la Unión Americana. La separación fue inmediata y total, nunca más volvimos a juntar nuestros caminos. El tiempo y la distancia hicieron su trabajo, con el paso de los años legalizamos nuestra separación, cuyas letras se encuentran en la parte posterior del acta de matrimonio. La misma acta fue copiada con máquina de escribir en el registro civil de la colonia obrera, firmada y sellada por el respectivo oficial en turno de la dependencia a su cargo.